走不出美丽

宇 皓 著

黄河出版传媒集团
阳 光 出 版 社

图书在版编目（CIP）数据

走不出美丽 / 宇皓著. -- 银川：阳光出版社,
2024.5
ISBN 978-7-5525-7275-9

Ⅰ. ①走… Ⅱ. ①宇… Ⅲ. ①诗集 - 中国 - 当代
Ⅳ. ①I227

中国国家版本馆CIP数据核字(2024)第094664号

ZOUBUCHU MEILI
走不出美丽
宇 皓 著

责任编辑　王　瑞
特约编辑　孙世瑾
封面设计　候　泰
责任印制　岳建宁
策　划　东方巨名
统　筹　赛娜

黄河出版传媒集团
阳光出版社　出版发行

出版人　薛文斌
地　址　宁夏银川市北京东路139号出版大厦（750001）
网　址　http://www.ygchbs.com
网上书店　http://shop129132959.taobao.com
电子信箱　yangguangchubanshe@163.com
邮购电话　0951-5047283
经　销　全国新华书店
印刷装订　北京兴星伟业印刷有限公司
印刷委托书号　（宁）0029348

开　本　710 mm×1000 mm　1/16
印　张　18.5
字　数　180千字
版　次　2024年5月第1版
印　次　2024年5月第1次印刷
书　号　ISBN 978-7-5525-7275-9
定　价　42.00元

序

诗歌，几乎贯穿了我的整个人生。

不知念了多少遍的"锄禾日当午，汗滴禾下土""春眠不觉晓，处处闻啼鸟""红豆生南国，春来发几枝"……这些诗句根植在我的脑海里，成为我记忆中不可分割的一部分。长大后的某一天，看着空旷之地落日的余晖，我脑中浮现出的是"大漠孤烟直，长河落日圆"；与朋友分别，我在给他的信上写下"莫愁前路无知己，天下谁人不识君"。

我爱上了读诗。古今中外、天南地北的诗歌，带给我的不仅仅是语言韵律之美、意境之美的至高体验，更让我的灵魂一次又一次地得到了震撼与洗礼。

我从"醉卧沙场君莫笑，古来征战几人回"中，领略到了亘古的豪情壮志；从"停杯投箸不能食，拔剑四顾心茫然"中，感受到了报国无门的惆怅；从"月上柳梢头，人约黄昏后"中，品味到了古人的似水柔情；从"关关雎鸠，在河之洲"中，感受到了君子的爱恋情怀。戴望舒笔下"丁香一样地结着愁怨的姑娘"，唤起了我初恋时朦胧的共情；泰戈尔的"如果你因错过了月亮而哭泣，那么你也将错过群星", 引发了我对生活的深思。我曾经在生命的谷底反复品读普希金的那句"一切都是瞬息, 一切都将会过去; 而那过去了的, 就会成为亲切的怀恋", 在诗歌中, 我寻找着生活的答案。

没有诗歌的生命, 是荒芜的; 没有诗歌的生活, 也是黯淡的。诗歌中蕴藏的智慧和美学, 是永不褪色的。

在读过很多诗后, 我开始写诗, 并迷上了写诗。诗歌培养了我的审美体验, 塑造了我的思维方式。在写诗时, 我得以在每天的忙碌中停下脚步, 享受心灵的片刻安宁, 感到灵魂无比的澄澈的自由。

在诗中, 我高歌着爱情"走出你的视线, 却走不出你的世界, 擦肩而过的爱人"; 我缅怀着青春"当我们转身, 你去了哪里, 那个曾经为我们哭泣的世界, 又去了哪里"; 我思考着现实"原本世间没有好与坏, 只是世俗的目光, 困禁了羽翼""母亲冻僵的手指, 为我缝下许多沉默的心事", 还有我对家乡、对故土、对母亲深深的思念。"许多沸腾的血液, 潮起潮落, 在那些共同的景致里, 寻找不是寂寞的感觉"……

我希望自己能成为一名语言的使者, 通过诗歌, 将心中的苦痛与爱恋化作带着羽翼的歌声, 飞越大江南北, 述说对历史、人生的思考, 抒发对爱情的渴望, 表达对传统、对现实、对理想、对是非的探索, 用诗歌的美与真照亮一个个生命的瞬间。

在人生的漫漫旅途中, 让我们以诗歌为伴, 找寻到那一方精神的栖息地。

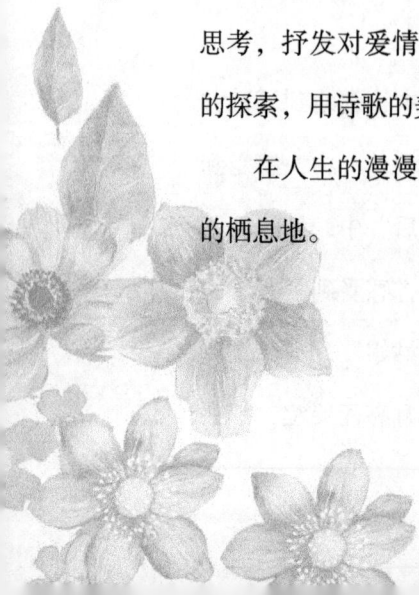

目录

走
不
出
美
丽

走不出美丽

走不出美丽

赤 壁

你拥师百万
也许一怒
只为红颜

没有残阳
赤壁的江水依然如血
多少亡灵
付之一炬
只因一阵风

也许生命的脆弱
在风中　在水中　在火光中
只是在人性的贪婪与泯灭中
自然的杀戮
微不足道
以杀戮阻止杀戮
谁能评判

走不出美丽

你战无不胜

所以始终未曾

留下后路

也许乌林不在

我们依然可以逃离

二乔之美不在容颜

许多东西无法掠夺

比如爱

不爱了

管你是不是英雄

爱了

也要再三拷问

懂不懂得珍惜

走不出美丽

赤壁的火焰

也许只因一碗茶

或一名女子

江之北

铜雀台的挺拔与坚韧

依然在历史的风尘中

灰飞烟灭

空留遗恨

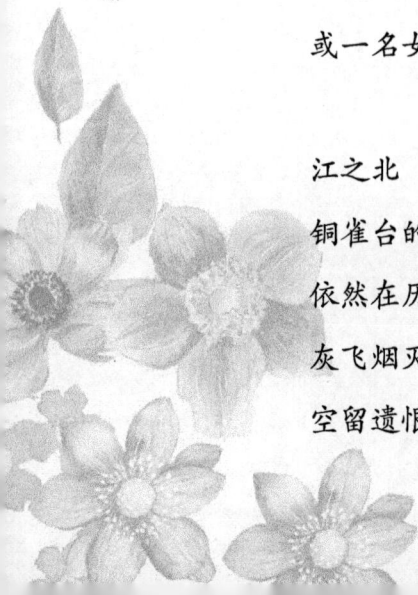

等你在红尘中

在黑暗中
一切的隐藏和掩饰都是多余的
人们把狰狞的面目裸露出来
直面最野性的释放

所以我狂饮
暴口最野蛮的兽语
或者咆哮于海的喑哑
彰显于十面埋伏中的
大无畏

将隐藏于内心的言辞
呕吐出来
于大地　于海　于风中
……

千里之外
你无法听见
那无序的狂野的呓语

被风声　被浪声　被黑暗
无情地吞噬

在行走中
一些人被远远地抛下
另一些人便成为主角
人们追赶和超越
超越和被超越

可是
在这荆棘丛生的荒野
谁能伸出有力的手
给你以搀扶与指引

走不出美丽

我是多么期盼
与你携手
漫步于人生最美的光阴中
多么期盼
……

所以等你
在夏日的海风中
亲爱的你来
我会用海纳百川的情怀

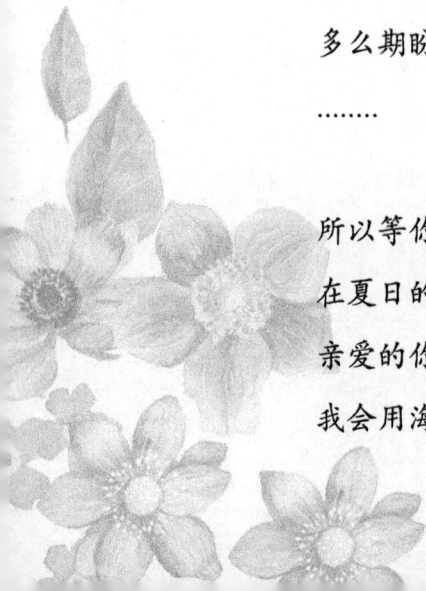

给你

一夏的清凉

不仅仅是拥抱和亲吻

不仅仅是承诺和感动

只想牵住你的手

一同走进那风中雨中

所以等你

在秋日的枫林中

亲爱的你来

我会用我青春的燃烧的火焰

给你

一个关于春的故事

一个关于爱的旋律

只想拥你在怀里

今生今世不分离

所以等你

在向晚的余晖中

亲爱的你来

我会用风烛残年的手

给你

一路的搀扶与守护

只想与你走进那夕阳中

不用说一句话

走不出美丽

所以等你

在红尘中

守候那不离不弃的誓言

亲爱的你来

我会用生命

给你

一世的花开

她

她是诗意还是寂寞

任目光消失于无限

此刻

风景已不再是风景

那心的守望

是身临的雾霭

朦胧了远方

我为那身影心痛着

却无力说出

贴切的话

怕只怕张嘴闭嘴

都会触及那崭新的伤

碰触到隐隐的痛

她远离尘世与喧嚣

无意扼杀那深秋的景致

无意刺痛追索的视线

她柔弱中带着伤

在伤与痛中

哪怕一阵风

便会随风而逝

天空的力量

在尘世中

许多行为是禁止的

人为地评判着对与错

在规定的路线中挣扎和喘息

是遵从天命

还是臣服于父母的悲欢

仿佛一生只有为了他人

才是生命的真谛

而自己的幸福将由谁来负责

诗情画意描绘的是憧憬是期待

却总是穿插和错落着无尽的忧伤

原本世间没有好与坏

只是世俗的目光

囚禁了羽翼

让我们无法在本该属于自己的天空里飞翔

如果能给理想插上翅膀

有谁不是将如影相伴的阴暗部分

远远地抛下

像闪电一样

走不出美丽

将阻碍翅膀的天空撕裂

不轻易让时光在自己的额头上

渐渐老去

我们蜷缩于楼层之上

自以为拥有了高度

用一隅的悲欢

评判世界

我们悲愤着　忧伤着　痛苦着

却不经意间

错过了人生中一场又一场美丽的风暴

当坐下来细细品味

我们铭记和无法释怀的

正是那不忍碰触

无以面对的伤痕

我们无法测知杂乱的风的秩序

却可以在风雨中抵达

哪怕是尘世之外的

任何地方

背　影

当我转身
不是真的想离开你的世界
而是知道可以拥有你的心
所以任泪水一流再流
不回头

掷一个影子很简单
走了也就走了
可是又能怎样
心留下来
在余生的路上
走也走不完

话不要轻易地说出口
也许说出来会让自己变得轻松
留给他人的却总是负累和痛楚
所以千里的奔徙
只为不留给青春过多的遗憾

走不出美丽

影子就是影子

无论你走到哪里

它一直都在

阳光不过是让他显现出来

既然甩也甩不掉

不如从容面对

从影子中窥视自己的轮廓

寻找目光不能触及的身后

无论是与非好与坏

人们习惯记住的是背影

哪怕只是转身的瞬间

转身

才知道谁都不会是谁的唯一

转身

才知道她其实已在心中不可或缺

于是急于寻找

于是才会发现

人的一生已太过仓促地走到了终点

也许泪水流下来

心才会知道

当初的转身

是一个不能说的错

错了也就错了

至少我们没能错过相遇

能够深藏于心的错过

有时比平淡的相逢

更容易让人沉醉

所以

傻傻地离开

无须责怪

也不用猜测

我可以毫无保留并遗憾地对你说：

那是我无法给予你的

——幸福

走不出美丽

无论你看不看得见

无论你看不看得见

我就站在那里

我来了

在你的窗外

站立成四季

那细细地敲打在窗棂之上的

我的泪水

人们称之为春雨

那浓浓的盛开在你必经路上的

我的思念

人们称之为夏花

那红红地铺展于你脚下的

我的羞涩

人们称之为秋叶

那轻轻地划过你梦境的

我的祝福

人们称之为冬雪

无论你看不看得见

我就是这样陪伴你

花开花落春去春来

有时你窗前的伫立

是我的心痛

无论你看不看得见

我就站在那里

凝望着你的悲

守护着你的喜

我站在那里

在那里

走不出美丽

等你的路上

你走了

我不挽留

那不属于我的

我留也留不下

我们辛苦和忙碌寻找的

只是彼此的幸福

如果你找到了

我会衷心祝福

如果你找不到

我愿做你的停靠站

有雨我替你遮

有风我替你挡

只要我的出现

让你愉悦

哪怕没有语言

哪怕笑过了就不再联络

你只要明白

这是为你设下的宴

想来你便来

一杯粗茶一碗淡饭

如果那是幸福的味道

不妨留下

如果不喜欢

喝过了

请继续赶你的路

如果喜欢

喝了或许会呛出泪来

你走

我依然不会挽留

我只想你能明白

我没有赶路

我只是一直走在

等你的路上

走不出美丽

流星语

你是那一湖幽深的水吗

如此的宁静高远

被夜的星辰点亮

满天的繁星在你的波心

永恒地守望

你不会在意你根本就不介意

我来过在你的窗外

没留下丝毫的印迹

你不会知道你也不必知道

我为什么来又为什么离开

一如那颗流星

换来的哪怕只是

一声不经意的叹息

我深知我不是那场你等待已久的风暴

所以我来了不惊也不扰

一如昨夜

见证你静静地睡去又醒来

没有丁点的惆怅

可是

谁能读懂我的幸福

其实是那样的简单

如果你懂得

那昨夜那沙沙作响的

绝不仅仅只是风

是的

你就是那一泓秋水

如明镜时刻地照亮我的黑暗

我静静地来不敢触及你的静谧

哪怕只是一阵风

哪怕只是一滴泪

我愿这样

凝望着你的平静

在岁月中

渐渐苍老

也许你介意也许你并不介意

可是又能怎样

你介不介意

我们都会这样平凡地老去

哪怕一生都不会察觉

我曾无数次地来过

在每个夜晚

如星星般陪伴

走不出美丽

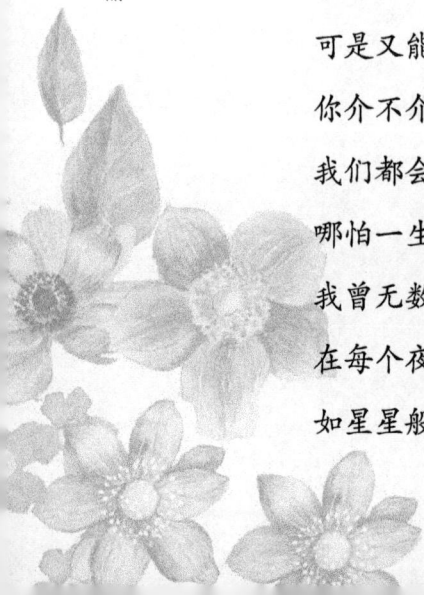

不渴求不奢望

哪怕是用生命的陨落

换取你心的一次涟漪

可是你不会懂终究不会懂

有多少祝愿

会同流星一起坠落

重　逢

一叠发黄的信纸

在手中颤抖

记忆从昨日

悄然隐去

不再清晰

我想起赫尔曼·黑塞的话：

时间蒙尘

当熟悉变得陌生

似乎一切都已随风而去

那些劈头盖脸的邪恶和伤害

已感觉不到疼痛

……

原来时间的可怕

不是我们的苍老

而是那些逐渐消失的记忆

当撕心裂肺的痛

日渐平复

当刻骨铭心的许诺

只剩下简短的文字

我们该不该沉默

该不该把旧日的伤痛揭开

从华丽的辞藻间

挖掘痛苦

我是要急着离开

因那席间的酒已温了又温

因故人正翘首今夜的一场豪饮

为曾经年少的追逐

为青涩的学生时代

我们该为那逝去的灼热岁月以怎样的诠释

我们该为那青春不再的容颜发出怎样的叹息

苦过　累过　伤过　痛过

你的履历写在根根的白发中

我为你心痛着

饮下那忘情的水

宁愿从此醉去

不再清醒

走不出美丽

021

她的美

她的美
没有写在飘逸的长发里
也没有写在夕阳下的剪影中
她是古诗词里的韵脚
在平平仄仄中
书写着简单的生活

或许我这样平淡的存在
不如默默地走开
也或许走开了
才会真的留下怀想

所以急着离开不是逃离
也没有追赶
我只是在希冀中前行
听瀚海潮声
看山花烂漫
品人生百味

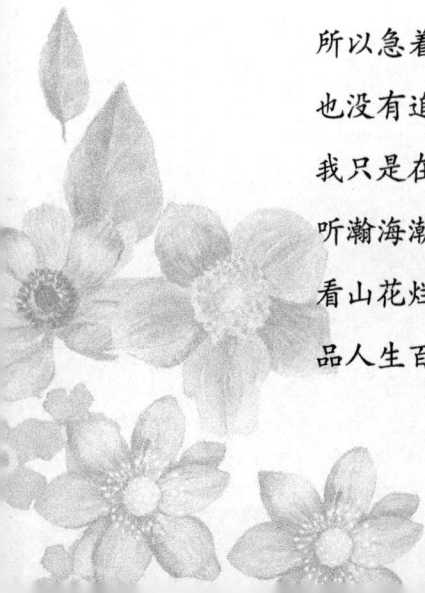

她的美

没有写在婉约的旗袍中

也没写在指尖的音符与寂寞中

她只流下一滴泪水

便毫无表情地离开

是有情还是无情

其实都不重要

她已转身

从此生命再无交集

她的美

和你所见到的一样

却不是你所看到的清秀的美

她的美在容颜之外

你无法遇见

像一首诗

其实我并没有爱过谁

只是我深陷在她的诗中

哭过笑过像孩子一样不忍离去

她很美

她有扶起老婆婆的瞬间抵达的美

我记下了她风中扬起的脸

那是乐善好施永远微笑的脸

我也一样真诚地施人以微笑过

但我深知

我的微笑远没有她的美

走不出美丽

西安行

总有一个借口让人懒惰

总有一个理由叫你远征

于青草泛黄时西行

追逐和煦的风和夏日里的阳光

让季节的青春停驻在刹那中

我不是夸父

徜徉于日不落的思念中

我只是在经纬中行走

却不慎跌入历史的长河中

渐行渐远

踏上千年古都的台基石础

像掀开一本厚重的书

沿着张骞凿空之举的车辙

途经玄宗教习歌舞的梨园

斗转星移间

脚下这片莲湖

已不是战国秦王的那一池碧水莲花

汉之宫阙学府

唐之帝王宫城

汉唐的雄风风卷残云般

从深远的历史刮来

风蚀和打磨着皇家宫阙的嶙峋与霸气

然而那旷世的伟业与文明

给这莲湖

留下了多少荡气回肠的故事

沿登城马道感受古城池的精致与宏大

于钟鼓楼聆听长安的"悠远钟声"

远眺南山

回望市井

长安城几世的繁华和冷寂

潮湿着我的双眸

激荡着一颗不再平静的心

手抚古书般厚重的青砖绿瓦

我竟无法前行

却又是一样的不忍离去

像面对久别重逢的恋人

我不敢再走下去了

征 服

是谁将寂寞的长发

剪了又剪

是谁将幽怨的烟火

弹了又弹

又是谁将思念的泪水

淌了一遍又一遍

忘记吧

因为雷声已远

乌云散去

又将绽放出别样的春天

忘记吧

因为没有人承载你的痛楚

没有人品读你的忧伤

有的只是

时光的悄然老去

有的只是

岁月的无情流逝

即便醒过醉过

有谁会在乎你

人来人往的寂寞

缘生缘灭地挣扎

生老病死的轮回

有时

我多想回到一个该回到的时间

给你一个拥抱之后转身离去

哪怕从此再不相见

不相见就不相欠

其实

我们一生都在渴望回到过去

却错过了一路的景色

徒留一生的遗憾

其实

细细回想

我欠下你的

也只不过是一个拥抱

你欠下我的

是一生的希冀与嘱托

却只是空留遗恨

走不出美丽

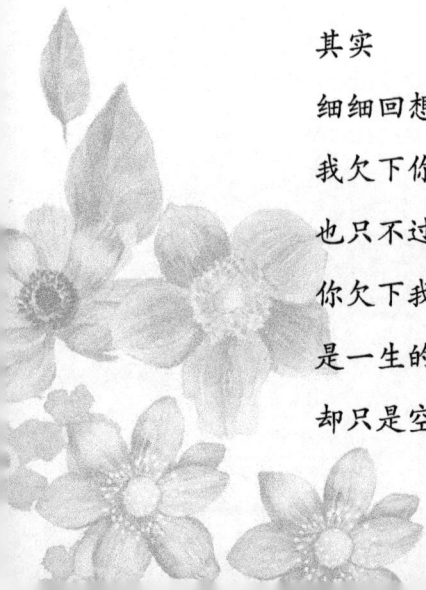

没有谁

注定一生痛苦

只要你始终坚信

痛苦是人生的经历而绝非归宿

痛苦伴你成长

教你坚韧让你成熟

我们在痛苦中学着快乐

珍惜和体味幸福

身痛才知道伤得深

心痛才懂得爱的苦

王者说

你臣服于我

便有一世的荣华

是的

我不是斯巴达勇士

却依然抗拒奴役和死亡的胁迫

我听从于内心

如果能够

请为我披上战甲

为心中所爱的人拼死一战

那不仅仅为了王后歌果

还有自由和臣民

那就请踏着我的躯体前行吧

因为

温泉关没有臣服

可是

你没有三十万的铮铮铁蹄

却怎令我有

催生华发也无法抵御的殇

常常一个人

于深夜

播放那英的那首歌

它出自 1998 年

那一年

我们不再联络

走不出美丽

我不能与你相见

我不能与你相见
即便你就站在那里
摇下车窗
会有许多故事发生

所以静静地看你
商海中的沉浮
城市间的穿行
岁月里的音容

其实我们就是这样
相互守望
没有人看得出
你的幸福
写在我的脸上

其实没有什么
我们所希冀的无非是这样
迷茫旅途的一个指引
寒冷深夜的一句问候

其实人生也无非是这样

虽擦肩而过

却彼此珍重

不能携手共老

也没有缠绵悱恻

你有你的柳暗花明

我有我的世外桃源

你和我

如山茶花一样

静静地开在不知名的山上

在属于它们的季节里

释放幽兰

我因此而放慢脚步

却仍无法与你相见

一道门

将我们隔开

隔开了才知道

我们本来就属于不同的世界

门其实已可有可无

我们无法穿越的是

自己筑起的堡垒

走不出美丽

我们不会相见

其实与打不打开车窗

无关

即便我站在你面前

注定了是你的过客

一切便不会发生

我不过是自以为是地

走过你的视线

自以为是地以为

拥有了你的世界

然后自以为是地彷徨与痛苦

走不出美丽

其 实

其实

我所忌恨的

不是你的离开

而是

在你最美的回忆里

没有我的存在

那是怎样的悲怆

在我牵挂你的时候

你却不知道我在想你

在你回忆的时候

却不知道我依然爱你

所以我恨你

时常地恨你

在有星星和无星星的夜里

走不出美丽

所以我恨你

时常地恨你

在阴或者晴的白昼里

你不懂

曾经千里的奔徙

才换来的一次和你

擦肩而过

所以

我恨你

不懂得远与近

不懂得深与浅

不懂得轻与重

也许

你所看重的

就是这样

一句敷衍的赞美

一朵盛开的玫瑰

其实那远远不够

如果我会说赞美的话

走不出美丽

那又何止
是这样

我会给你
春之芳香
夏之清凉

不，那还远远不够
那夏花那秋荷
都无法诉说

我所能做的
只是祝福
默默地祝福
在奔徙后的相逢里
在日复一日年复一年的岁月中

我会离开
无论月缺月圆
我所能给予的
只有这些
爱或者恨

走不出美丽

无论怎样

可以证明的是

我曾真实地存在

喜也好悲也罢

一个是幸福

一个是痛苦

走不出美丽

缘

你来了
悄无声息地来
不惊也不扰
如阳光的沐浴
如雨露的润泽

我期待你的到来
在语言之外
我期待你的拥抱
在距离之外

其实不必说
你的平静
其实也不必说
我的淡然

似乎冥冥中的注定
没有谁对谁错

走不出美丽

有的只是
缘生缘灭

或许你会离开
但请不要伤悲
我会永远永远
将你珍藏

你来了
悄无声息地来
请不要带走我的伤悲

如果爱了

天鹅是珍稀的鸟

人们给予它至高无上的荣誉

并不因它珍稀

它洁白的羽毛

说明不了什么

但它有忠贞不渝的爱情

不以道德为约束

不以法律为准绳

我崇尚这种鸟

源于一份对爱情的坚守

我们都错了很多次

错误的坚持也许是正确的

当一切颠覆

没有什么是永恒的

包括爱情

富甲一方的公子有人会爱

也许并不是为了财富

她爱的是那份放荡不羁的野性

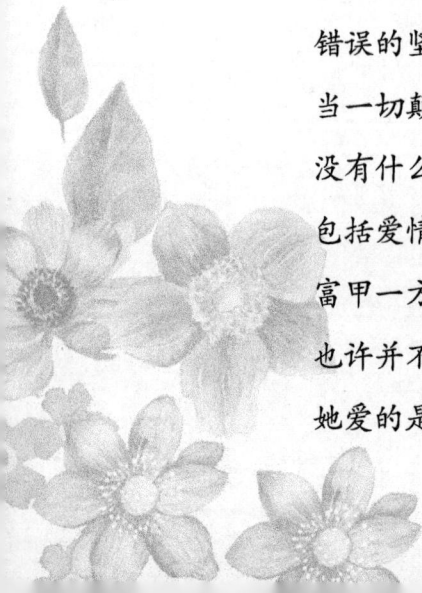

走不出美丽

所以我们爱了

并没有错哪怕是有

错爱了一次还是一生

都没有区别

也许爱一个人真的很苦

苦到不敢再爱

所以大爱是有价的

用生命来换取

不是生命攸关时刻

谁会真正看出

那个宁愿为你挡去子弹的人

也许他从来不曾出现在你的视野中

那些四散躲避的人

总会找到华丽的借口

返回来

喝着你的酒

吃着你的肉

说着你不爱听的恭维话

所以真正的爱

是那个默默无言懂得付出的人

也许他从来没有被珍视

也许他甘于为你坚守一生

被爱是一种幸福

学会去爱一个人又何尝不是

我们爱了

从此剥夺了爱人的自由

凌驾于爱情之上

无私地占有

自以为给了所爱的人

该有的幸福

也许她幸福

也许她并不幸福

有一种爱叫需要

哪怕你给了她想要的痛苦

为你的付出

是真诚的

至少是在看到你为我垂泪的时刻

似乎一切都已不再重要

如果爱了

还问什么是非因果

如果爱了

还谈什么付出与回报

我相信

爱不会有来生

所以学着珍惜

所以坚持所爱

哪怕

并不能携手

也无法相拥

我宁愿停驻在你

刹那的生命中

没有永恒

不会永恒

却期待永恒

无 论

无论

吃过多少

山珍海味

还是觉得

妈妈做的饭菜

最香最纯

却不愿看到她

再为我忙碌

走不出美丽

无论

无论多么富有

我都不会忘记

一起苦过累过

一起为梦想

奋力拼搏的兄弟

尽管梦想是

那么简单与现实

无论

无论走到哪里

都始终迷恋

儿时的溪流、山川和土地

那里有太多

我们迷失的东西

包括亲情、爱情与友情

我们已无法追溯

无论你做什么

时间不会回来

容颜不会回来

失去的亲人也不会回来

我们该做些什么

无论是为父母、兄弟、亲人或朋友

无论是洗衣、做饭、互赠礼物

或者只是一句问候

我们该去做点什么

然而我们

什么都没有

甚至没有想念

走不出美丽

我知道

这不是你的错

那些无所谓的说辞

和强颜的欢笑

都不是真正的我们

我们要忍受那痛苦

把成功的喜悦

献给父母

把欢歌笑语

献给亲朋

把机会

献给更多的朋友

我把寂寞和痛苦

留给自己

却因此而无比富足

无论

无论我走到哪里

我得到了

我认为无法得到的东西

甚至于

比妈妈的饭菜更要珍贵

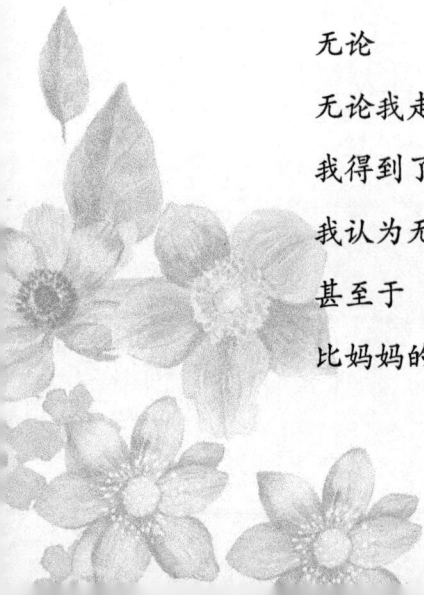

请学着珍惜吧

其实一生很短

无论有或没有

要努力学会分享

用我们自己的方式

表达爱意

爱一个人没有对错

爱这个世界

也一样

花

我不是落日里的霞
借他人的光辉灿烂自己
也不是云朵里的水
你走到哪里
便要跟到哪里

我愿做一株深秋的草木
在你必经的路上
开出芬芳的花
等待你的采撷
和那双迷恋的眼睛

不奢望你用红唇亲吻
这是为你酿下的醇香
哪怕你嗅过了就抛下
我早已迷醉在你
温柔的抚摸中

甘愿在

人生艳丽的时刻

为你夭折陨落

花开一季

便是永恒

雪

也许

那是谁思念的泪水

在这个夜晚

在西伯利亚的寒流中

纷扬成漫天的白色的雪

在寂寞的

空旷的天空

飘呀飘

雪飘向起伏的山川

山川沉默了

幻化成蓊郁的长者

让远方变得更远

雪飘向冰封的河流

河流喑哑了

变幻成白色的哈达

饱蘸了亲人的祝福

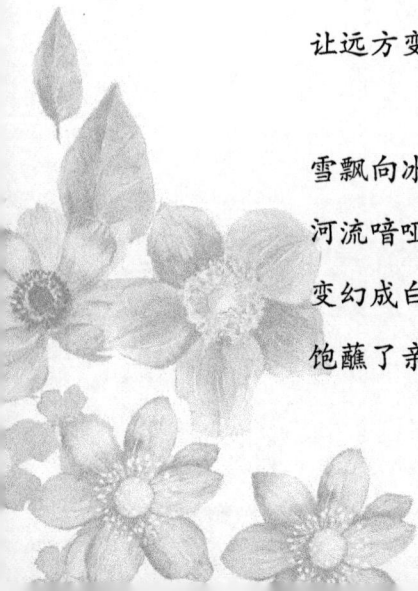

雪飘向枯黄的草木

草木润泽了

孕育出鲜绿的嫩芽

等待着春天的爱抚

我在这纷扬的夜晚中穿行

在一个银色的纯粹的

雪的世界中

被吞噬被埋没

被涤荡着

并且一尘不染

银沙湾

风

如此的宁静

那银色的

八百里瀚海

也是如此的宁静

在这宁静中

我愿做一轮红日

为这景致

披上万道霞光

镶入深深的记忆中

你

从大漠深处走来

从这静谧中走来

在红色的晚霞中

你浅浅地笑着

谁知道呢

是晚霞

映红了你的双颊

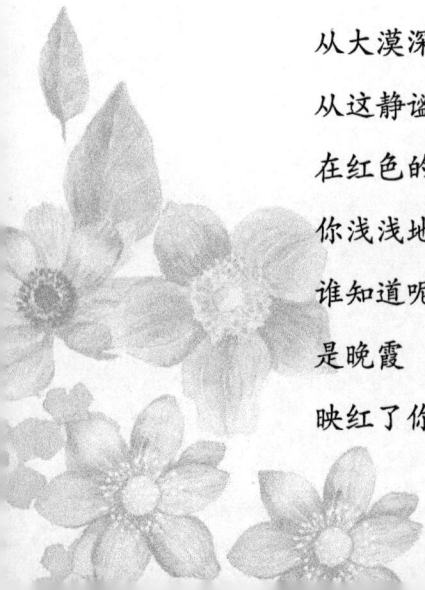

还是你娇羞的双颊

映红了晚霞

我们相逢在这晚霞中

银色的爱的港湾

突然想起

噢，银沙湾

你是那样的美

听

是谁的汽笛

划破长空

搅醒这千年的银链

她不再沉寂

在柳河的源头

养蓄牧河床温润的泥土中

她亭亭玉立

是谁试着将她征服

库伦英雄会

英雄们的盛会

无论勇士剃刀

还是威武的牧马人

请来吧

走不出美丽

真的猛士

敢于直面真的沙漠

银沙湾

越野者的天堂

我梦中的新娘

走不出美丽

一　瞬

我愿作夜空里的繁星
夜夜凝望着你的美丽
凝望着你
灯影里的孤独与寂寞
不在乎
匆匆而过的流年

无论是
擦肩而过也好
也无论是
长相厮守也好
在岁月的河中
只不过是那么一瞬

我们都是在一瞬间
相遇相爱
也是在一瞬间
消逝陨灭
你在一瞬中幸福着快乐着
我在一瞬中煎熬着痛苦着

也许会有那么一天

终将会有那么一天

我将化作流星

划过你的窗前

请别为我叹息

你所看到的

是我生命中最壮美的时刻

也只不过是那么一瞬

在你的眼中

在你的心中

掠过

真的

请不要再为我叹息

那是我一直渴望为你展现的——美丽

只不过

只不过

也只不过是那么

一瞬

走不出美丽

冬天来了

春天来了

像一阵风

染绿了我们的眼睛

我爱这个春天

不要问

为什么会这样

正如我爱你

不仅爱如花如靥的容颜

更爱你

高尚的思想和伟大的情怀

如果没有

相濡以沫的执着与坚守

如果没有

高瞻远瞩的抱负与追求

纵使

声色犬马

物欲奢华

我仍旧无法逃脱

醉醒过后的空虚

繁华过后的落寞

秋天过了

像一片叶子

凋零着我的思绪

我亦爱这个秋天

不要问

为什么会这样

正如你的离开

离开了

才让我认清了自己

像深秋突兀的枝干

斜刺着

空旷而寂寞的天空

无力握住任何的云彩

我只有

把情感化为文字

夜夜为你哭泣

冬天来了

夏天就不会太远

遇 见

我在最美的季节里

遇见你

见你在

初春的花簇中

我把玫瑰献给你

见你在

仲夏的细雨中

我把雨荷献给你

见你在

深秋的枫林中

我把情怀献给你

见你在

严冬的风雪中

我把感伤献给你

你欢喜也好

不然你拒绝

我把这一切献给你

我在最美的青春里

遇见你

见你在

情窦初开的懵懂里

我把初恋献给你

见你在

春光明媚的清晨里

我把朝阳献给你

见你在

小径逶迤的梨园里

我把期待献给你

见你在

人潮翻涌的人海里

我把祝福献给你

你期待也好

不然你忘记

我把这一切献给你

我在最美的时光里遇见你

见你在梦中

在回忆里

我把生命献给你

擦肩而过

背过身

我把微笑留在身后

整个世界为我哭泣

走出你的视线

却走不出有你的世界

多年后

你依然在梦中

明明知道

擦肩而过时

你眼中的惊喜

却视而不见

铸成一生的错

也许

在你眼中

我是那个一去便不再归来的人

无情似流水

也许

走不出美丽

多年以后
你不记得我们的相逢
视我如陌路

你不记得什么
你真的没有理由怀念
可是
你无法阻止的是
我对你的想念

我相信
我们错过了什么
在本应相拥的时刻
一定错过了什么
只剩下梦里的失落

在这里
我们遗失了太多的情节
我们甚至无法追忆与悔恨
青春太易流逝
一切都不是曾经的模样
当我们转身
你去了哪里
那个曾经为我们哭泣的世界
又去了哪里

我看见

人们用金钱购买着

情感欲望和无尽的杀戮

在这个世界中

我过于贫穷和无知

无力穿越回到

我们青涩的过去

哪怕

依然与你擦肩而过

我相信

你会在我深邃的目光中

读懂一切

走不出美丽

距 离

在生命中
距离
定义为三种状态
从最初的远与近
于物与物之间
真实存在
人们用米来测量

从我们站立的那一刻注定
距离不再是距离
我们从母亲的怀抱挣脱
奔向不同的地点
抉择让我们产生距离
他存在于虚幻中
只被内心所感知
也许只是一步之遥
便让我们痛失交臂
也许一闪念
又会相逢在尘世的某一点
风雨相济

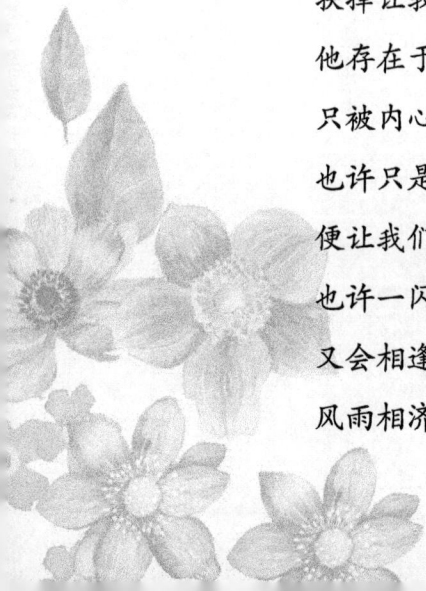

走不出美丽

人与人的距离

介于两者之间

正如你和我

面对面的微笑

是一碗茶的距离

不远也不近

也许你珍惜

也许你漠视

无论怎样

笑过之后

你我的距离

或者是一双铁轨

或者是江的南北

或者是海的两岸

也或者是生死的两界

在茫茫人海中寻找

无法找到是一种心痛

可是明明知道你就在那里

却无法寻找

也或许是一种幸福

其实

走不出美丽

幸福和痛苦的距离

是那么的近

于是

人们会在最远的距离里希冀

却又是在最近的距离里遗忘

我有我的幸福

你无法得到

走不出美丽

心是海

如果心是大海

我愿在你的飓风里汹涌

那朵朵浪花

是我为你

绽放的情怀

不要说什么

流水无情

如果心足够宽广

无论走到哪里

都是歌

都是诗

都是情

都会在你的心中流淌

如果心是大海

请为我竖起风帆

我愿做一名水手

在你的海中远航

不要说什么

惊涛骇浪

如果旅途里没有艰难与险阻

生命又怎能

收获欢愉与喜悦

如果没有悲伤与痛苦

如果没有失落和惆怅

生命中没有了绿色

还叫什么青春无悔

还叫什么幸福人生

如果心是大海

请原谅

我会自缢在

你的海中

走不出美丽

星　空

在记忆中
一些事物永恒存在
所以
你无情地离开
让记忆留存于记忆中
只是
曾经你为什么会闯入我的世界
掠夺那属于我的快乐及渴望

如果
你不曾来
不曾来了又离开
我或许依然可以
在柳河源头的水墨丹青里
看那深入浅出的层峦
没有那一饮再饮的离别

一个人的存在
或许微不足道

走不出美丽

069

在落日的余晖中
是那样的孤寂和感伤
但坚持站在那里
等待
似乎已毫无意义

可是一个人
如果认定了
为谁凋零
就真的不会有答案

所以
等待是可有可无的
在尘封的记忆中
我愿做一只黄莺鸟
在你的枝头
幸福地歌唱
你记不记得
都不重要
重要的是
你曾承载了我记忆中的所有快乐和幸福

也许
一生忙碌

走不出美丽

到最后

仍会一无所获

那没什么

真的没什么

我们所追求的

过程比结局更重要

所以

回忆是幸福的

有悲喜有愤怒

更有惆怅

所以

当青春不再眷顾

当时光不再流转

你还记不记得

多年以前

等你的那个夜晚

我一直数着

满天的繁星

夜空中有

数不尽的繁星

走不出美丽

岩

一

这嶙峋的突兀的山

像一支历经沙场的剑

像着千年的风干的

血的遗迹

刺向那深蓝的天

不忍直视

被撕裂的天空

令人眩晕

但仍会抵达这里

攀岩者

征服与被征服的

痛与快乐

二

你是这山的岩

在毫无教养的杂乱的风中

在黄昏与黎明的断裂带上

你无声地诉说

走不出美丽

刺痛我

我该不该转身离去

背负那沉重的磨难

只是缺少了那么一点点

面对你的雄心和勇气

怕只怕

踏出的每一步

都是你我无法承载的

伤与痛

三

时间静止在

午后盛开的花瓣上

我攀上崇山峻岭间

陡峭的山峰

看你岩隙间释放的美丽

无语的青春

你在这里静默千年

无情嗤笑我

归去来如落日

无视我历经的沧桑与磨难

就这样萍水相逢般

相见

四

我不是飞鸟

但梦想比天空更加辽阔

我渴望长出翅膀的鱼

在短暂地飞翔中

感受自由的激越和幸福

所以我来了

在你看不见的地方

隐藏了太多的辛酸与苦楚

也许你根本就不介意谁的来去

以亘古不变的方式

站立行走

甚至微笑

管他风声雨声

五

许多伤是看不见的

在微笑的外衣下

隐隐作痛

我们忽视抗拒和否认

直到多年以后

你悄然走进我的梦里

让我无法停止哭泣

才懂得

你永远是我无法逾越的山

当初嵌入皮肤里的

残酷与冷漠

不会再是谁

眼中的风景

六

你没有给我许诺

哪怕只是那么简单的一句

在灰飞烟灭之后

一切都只不过是遗憾

你不说

我便不会做

如今的伤痕累累

无抵于这莫名的心痛

想来你也终将是这岩

我无力攀援的岩

你僵持的轮廓

风蚀的寂寞

注定了谁

将为你而

粉身碎骨

走不出美丽

茶 茗

一碗茶

一夜的清愁

谁能读懂我的寂寞

你来

不见惊喜

你走

也不见忧伤

他的爱恨情仇

只在指尖流淌

茶韵

书香

那淡淡的一抹清香

正如他淡淡的思绪

寄予离愁

比海天更辽阔

比山川更高远

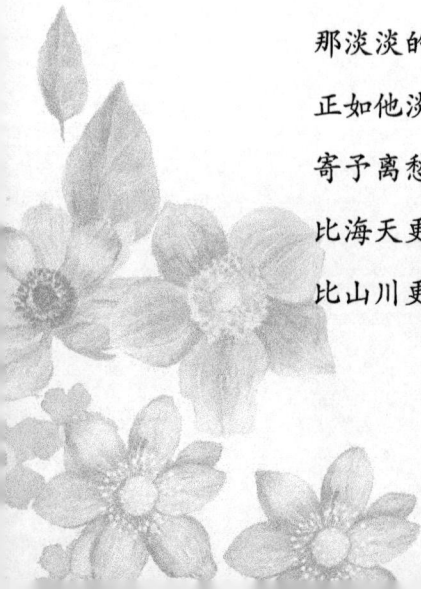

其实

他的爱比生命壮烈

他的忧伤比眼泪真实

他沉思

在沉思中酝酿风暴

在沉思中守望无奈

一碗茶

一生的领悟

放下一切无法放下的

你不过是映入眼帘的浮华

在香茗中

品茶

品人生

秋

又是一个秋天

像一幅画的尾声

我用尽所有想象

却无法描绘

窗外那缤纷的景致

那高而远的天空

在米色阳光的照耀中

在凛冽寒风到来之前

温暖而祥和

赤焰的菊花肆无忌惮地开着

似乎无所谓蝴蝶的冷落

在这个短暂的秋天

做最后的坚持

我爱这个秋天

大地的豪放与慷慨

堪比人的赠予

让人们品味收获的喜悦

我只是不明白

是哪位落魄的诗人
错把这个金色的丰收的季节
赋予太多的离愁
其实
让我们寒冷的又何止秋天

在秋天里
我的坚持
是这深秋的夜晚
我站在路的一端
你站在路的另一端

无所谓的秋天

陪着你慢慢变老

当爱已远逝

一个人不再需要你的时候

你或许痛苦绝望

不忍放弃

也或许悲愤焦虑

渴望回归

在痛过之后

你该学会的是默默离开

纵使心已碎裂

厌倦了

不需要了

一切的挽留都是多余的

从此学着一个人朝朝暮暮

可以

一个人看风水山的日出日落

一个人看银沙湾的炊烟袅袅

也可以

一个人行走在拥挤的人群中

走不出美丽

一个人喝酒到深夜

一个人走过不知第几个年轮

一个人的狂欢是孤独的

可以一直嗨到泪流满面

可是有谁会在乎

那个夜夜为你熄灯的人

已不再回来

是的

人们渴望回到过去

过去留下的永远是遗憾

可是在曾经的遗憾中

我们彼此忘记了对方的语言

错误的回顾

失去了现实的拥有

所以我们在回忆中永恒

将自己埋藏在岁月的最深处

日日痛苦

在痛定思痛后

幡然醒悟

我们该做的只是

在一个人习惯风声雨声的时候

在风中为他披一件衣

在雨中为他撑一把伞

学着默默陪伴

人生的路很长

不管未来是风雪还是泥泞

愿我们一同走过

没有抱怨也不要悔恨

其实让我们感觉不幸的

远不是路遇的苦难

那个一直牵着你的手

陪你走过内心寂寞的人

才会给你幸福

我不会厌倦

也不会放手

我会在蹉跎岁月中

陪着你慢慢变老

走不出美丽

沉　默

沉默是一种语言
对于温柔的人
沉默是一种承受
对与不对
只是时间的考验

对于桀骜的人
沉默是一种不屑
不屑的只是人
与事物本身无关

对于自闭的人
沉默是一种蓄积
要么在沉默中爆发
要么在沉默中灭亡

对于刻苦的人
沉默是一种坚持
用一滴滴的汗水
浇灌出璀璨的星空

对于纯情的人

沉默是一种情愫

是那花儿久久地绽放于山野

花开花落独自欣赏

有时他是利器

有时他是慈祥

有时他是关爱

有时他是伤害

沉默

沉默

睿智的人让沉默成金

庸俗的人让沉默为土

走不出美丽

我不睿智

也不庸俗

我在沉默中失去

也在沉默中收获

大　学

在这儿相遇

也注定了在这儿离别

当初的分分秒秒

快乐也好

青涩也好

痛苦也好

失意也好

一切的纷纷扰扰

我们管他叫作青春

你挥霍也好

珍惜也好

虚度也好

留恋也好

到后来

不过是唏嘘与感叹

时光抹去的

不仅仅是贫穷

当我们大腹便便地

推杯换盏

我们的青春正悄然远逝

我们得到的或许还将得到

但我们失去的必将永恒失去

我们哭过笑过

但没有谁能够复制出

流逝的岁月

复制出校园的情怀

大学

我深爱的那座城市

我曾一次又一次地回到

你的怀中

回到梦中

只为寻找你

青春依旧的容颜

永不凋零

走不出美丽

安娜·卡列尼娜

安娜·卡列尼娜是对的
错的只是那个社会
自以为拥有了财富和荣耀
就拥有了一切
渥伦斯基改变了她的一生
于是她宁愿放下
放下一切荣耀光环
放下醉心名利的亚历山大·卡列宁
追寻灵魂深处的另一半
他们选择了自己生命中最爱的那个人
却依然没能抓住
唾手可得的幸福

我们在爱的世界中迷失
在无限奢华的物欲流中
我们让灵魂无限空虚
赤裸裸的权钱交易
人性的泯灭
道德的沦丧

良知的脆弱

我该不该把我的多情

看作是一种保真的财富

我宁愿穷困潦倒

直到只剩下这样纯粹的富有

却依然无法有力地说出

爱你

可为什么

在我学着放下一切走向你的时候

你却在我的世界中

渐行渐远

我们学着放弃

学着忍让

学着看淡一切

而你是我生命中的

美丽与错过

我该不该错牵你的手

与你携手到白头

其实很多时候

被爱是一种幸福

当我们选择爱一个人的时候

也就选择了痛苦

走不出美丽

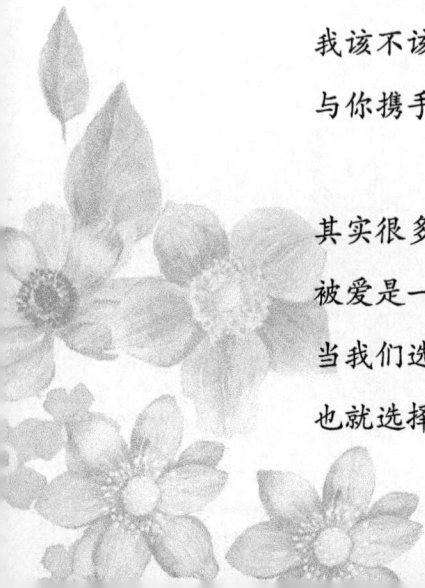

可为什么

迷恋我们和我们所迷恋的

不是那同一个人

即便是

又能怎样

在错误的时间

错误的地点

我很幸运

有恰似安娜·卡列尼娜的爱情

思 念

有时
思念是一杯淡淡的茶
品了香了陶醉了

有时
思念是一杯透明的水
渴了喝了清凉了

有时
思念是一杯浓香的酒
饮了醉了心碎了

我说
思念是影子
白天在日照里
夜晚在灯光下
你无法逃避
即便
融入在黑暗里

他也会悄然走进你的梦里

坚持地跟随

在你经历的寸寸光阴里

走不出美丽

于无声处

我本不想说

在你转身的一刻

千言万语

也不过是一声叹息

你有你的柳暗花明

我有我的人间二月

花开花落

谁是谁非

其实

离别是不需要语言的

送走了最挚爱的人

一切的言辞都很无力

不能陪着你走完一生

那就请允许我

默默为你送上祝福

走不出美丽

天空是阴暗的

是雾是霾是雨是泪

分不清

我看不清你

不管有多近

仍是看不清你

你我之间

是门的阻隔

是雾的距离

也许只能这样

于无声处

聆听

语言才最丰富

情感才最真挚

我可以放下

一夜的宿醉

放下执杯的手臂

却无法放下那颗

执着的心

走不出美丽

我听到了

夜的憔悴

心的跳跃

寂寞的呻吟

听到了

火光的呐喊

于无声处

走不出美丽

路　过

时间蒙尘

像锈蚀的锁

停驻在某一刻

不仅仅是回眸

所以时空会流转

日复一日

拒绝不掉的流逝

让青春不再

去掉秒针

我们仍清晰可见

回忆是青涩的

有时苦有时甜

打开星空

不全是我们所期盼的月圆

立春过后

惊蛰着我们的爱情

总有花儿相继开放

昙花一现在某一刻

我的思想仍在厚厚的书籍里

含苞待放

没有人过问她的美他的寂寞

也许路过了

便再不会牵住谁的手

相遇而别

有多少岁月可以任我们挥霍

当唇恋上茶的那一刻

我读懂了寂寞

酒无法代替

不然过去的为何仍无法过去

小憩在人生的某一站台

我试着流浪

青山绿水在江南的小镇

让心清澈透明

人生仍要继续路过且无法停止

谁让我

恋上了茶的香茗

走
不
出
美
丽

江 南

苎萝山若耶溪畔

你浣纱的影子犹在

不敢直视你水中的倒影

更不要说那

碧波中的一点苍翠

你油纸伞下的回眸

已惊艳了几个世纪

笛声悠扬处

你轻扬的长发

拂过三月烟雨

绿树掩映下的黑白

被风舞动

雁归处

峰峦叠嶂九州缥缈

噢，江南

你是我梦中的一叶轻舟

那泛舟的女子

便是我梦中的新娘

她轻歌曼舞在云水间

动若流萤静如水墨

她轻摇竖琴

用禅音用心语

甚至是

一滴泪水

把人们迷醉在人世间

走不出美丽

渴　望

我多想
和你一起看日出日落

多想
看月亮微笑和星星眨眼

多想
在爱的海中泛舟

让一切随风
随风随风
……

红妆别

塞北的风
吹了千年

沙漠的天空
泯灭了归心
是离人的弦音
触发了谁的伤感

一步一步
与你渐行渐远
枉我一世风华与才智
依旧与你擦肩

不能与你
牵手王朝
就让我为你化干戈为玉帛
修半世的黎庶田园

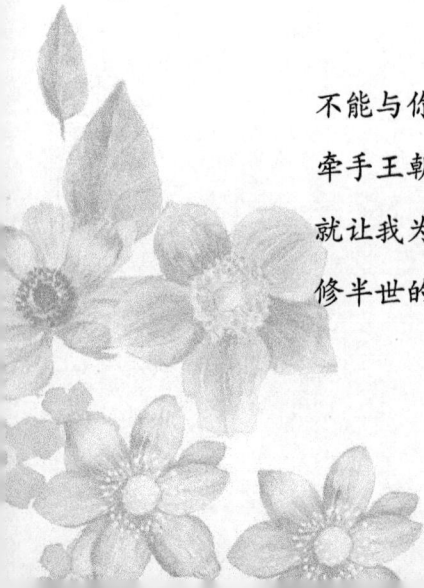

爱有时无须相伴
我愿为你荡尽韶华终不悔
只为换取你
一统的江山和三世的安宁

风吹过
谁为谁的思念穷其终老
雨淋湿
谁为谁的哀怨泪洒衣襟

我愿留一方青冢
只为着诉说那无尽的
爱恋
在人间

一朵花儿盛开在原野

在西部的原野
一朵花儿的傲放
算不得什么
没有人过问她的寂寞
无论风多大雨多狂
她总是独自在风雨中歌唱

也许
一个人的寂寞
只是风声和原野
也许
习惯了就不再惧怕
我们都是在风雨中成长
只是
有人在歌唱
有人在哭泣

走不出美丽

思　念

当思念
被月光敲碎
我站在这里
站在月光里
看月亮中的你

你看不见
在这宁静的夜晚
在月光下
被你笼罩的夜里
我一直在看着你

你也无法知道
那零落在你周围的
不是星星
而是我破碎的心

走不出美丽

月　夜

秋雨斜阳
更深愁断肠

凝望
满地月光不见君
此时无语泪千行

情是墨月为裳
相思明月话凄凉

走不出美丽

爱在秋风里

萧瑟的秋风中

你单薄的身影

是无声的控诉

从春天开始

便注定

繁华落尽

终会回到原点

那枝头如火地绽放

不过是

落寞红尘中最后的一次回眸

一声叹息

随岁月嫣然

秋风里的咽泣

是季节的旋律与交响

走不出美丽

你愿不愿意

爱就在这里

在秋风里裁定

分别与收获

走不出美丽

等　待

是前世欠下你的吗

一个等待

可是秋来暑往

在我们相逢的地点

终究无法与你再相见

是缘分的终结吗

既然是这样

上天又因何在某一年的某一刻

让我们相见却不相忘

是命运的捉弄

还是我真的欠下了你

如果可以

请为我缘定三生吧

在海枯石烂时刻

走不出美丽

我会站在我们相逢的地点

尽管

没有眼泪诠释的忧伤

也没有狂笑抵达的幸福

曾经

融化在你的歌声中

足以击穿这个世界的歌声

那么就请允许我

在这无尽的黑暗的一隅

在你的歌声中死去

反正

今生不会有谁再经过我的荒芜

只因我欠你的太多

今生也不会有谁因我而荒芜

只因我再不会欠下谁

我的等待

凋零了一次又一次地花开花落

我的等待

树立起鲜明得无法再鲜明的旗帜

走不出美丽

我在风中飘扬

将风之呐喊

复制于风中

将等待付诸等待

终究我欠下了你

无论是承诺还是

等待

蝶

既然

梦想是整个天空

就请不要迷恋在某个枝丫上

是啊

我们躲避仇恨

躲避敌视

躲避杀戮

躲避尘世中一切的纷纷扰扰

可是

我们无法躲避

激情与梦想

爱了一个不该爱的人

远比做了一件不该做的事

更加的刻骨铭心和痛楚

可是

在这纷繁复杂的世界中

我的表达与诉说

有谁会给予解读和倾听

所以

作茧自缚在某个夜晚

沉寂下来

没有无奈悲伤与忧虑

把自己深深地埋藏

埋藏到岁月的最深处

渴望某一天

化成蝶

把虫子的梦想塞满天空

只想

与你翩翩起舞在

传说中

走不出美丽

迷 失

我可以
失去整个世界
就是不能失去你

多年以后
我拥有了一切
可是
你在哪里

112

走不出美丽

离 伤

在凌乱的秋风中
没有人知道
在最爱你的时候
选择离开
是怎样的廖落

一叶枯黄
隐喻离伤
是再恰当不过的
是的
我们彼此深爱过
一如昨日的姹紫嫣红
终究无力秋风寒
像叶子一样
从寂静的尘世飘过
零落成泥

我试着像叶子一样
在最灿烂的秋日过后

离开

踏进炼狱的篝火中

诠释生命中

斑斑驳驳的过往

铸就永恒

没有人选择离别

没有哀伤的离别

我们不如叫作路过

既然驻扎下来

不愿离开

你便是我梦寐以求的风景

有些人或事

那么轻易间便成为过客

淡如薄雾

有些人或事

我们一生无法忘怀

只因

离别是一片叶子

在火热地绽放之后

化作泥土

只为你

雪

泪风干

入云霄

遇寒流凝为雪

飘落人间

复为泪

一场雪

飘落了多少人的心事

被净化过的天空

也许

不再忧伤

走不出美丽

明　月

湖光山色柳梢头

如果缺少了明月

那就算不得美

无论是江南还是北方

倘若再添上一个

望月的身影

便平添几分诗意

走不出美丽

但些许失落飘浮着

没有任何缘由

挥又挥不去

于是惆怅地沿着诗意的长街

告别这美的景

美的夜晚

终有

人在他乡为异客的飘零

但人生浮萍

上一秒与下一秒的距离

只差回首

在恰当的时间里回首

也许才会发现

我们与美好

刚刚只是擦肩

在月光中

在湖岸旁

在柳枝下

在长凳上

浓浓的爱与憧憬

原来

人生的全部

不仅仅是

诗和远方

我们

能否会在明月中

肩并肩地走完一生

哪怕面对的只是一轮明月

走不出美丽

117

我相信

月光中

也不仅仅只是清风

更有那醉人的表达

哪怕

是用目光写在月亮之上

走不出美丽

红　颜

一曲箫音

几多离愁

谁能读懂

一场繁华过后的落寞

太多的分分合合

斩不断理还乱

太多的人情世故世态炎凉

尝遍千般滋味

原来我们渴慕相濡以沫的厮守

是那么的遥远

一杯清茶

几许温情

有谁知道

久别重逢时刻

简单的一句问候

似杯中淡淡的茶香

多少恩恩怨怨

离愁别绪

就在这一笑中随风逝去

只为再看你一眼

不说一句话

并永生不会再相见

无论多少话语在心头

不作表达

红颜只为你

那绽放于昨日的也只有青春岁月

其实

青春本来就是岁月中一首多情的诗

也只为你而

抒情

120

开满梨花的清晨

你来了
在满树梨花的清晨
一袭轻纱的白随风摇曳着
似那梨花

风轻过花雨纷纭
迷醉了谁的双眸

你浅浅地笑着轻嗅那梨花的香
像蝶儿轻舞
在晨光的映衬中
那满园满树的蝶飞蜂涌

我不见春天
只见你的笑容一如那梨花
我渴慕田园
也只不过是渴慕你的笑容

走不出美丽

121

你走向哪里

哪里就会花开

你的笑容飘到哪里

哪里就会彩蝶纷飞

哪里就是春天

也许你注定是花的仙子

是我的花仙子

即使没了花期只要你来了

枯枝才会萌芽

心花才会怒放

走不出美丽

人间四月　十里桃花

桃花开了

漫山的粉红色的桃花

你花一般的笑靥

也如约绽放

于十里花林

我不见桃花

只见你的笑容

如花一般绽放

也不见一树芳华

只见你娉婷的身姿

如诗一般伫立

你如一只白色的蜂蝶

翩翩起舞在花丛中

动的静的

浓的淡的

含苞的怒放的

没有人追问

在四月的某个夜晚

你轻轻地

悄然地绽放

是一种怎样的诉说

这漫山遍野花的怒放

又是否与寂寞相关

你只是飞舞着

从一瓣花到另一瓣花之间

两瓣花的距离

不远也不近

正如你和我

遥望着

却又无法企及

如果不是你

也许花只是花

如果不是你

花又怎能结出果实

所以四月里

眼睛里莫名的潮湿

与忧伤无关

我只是醉在

你低垂的长发和

轻吟的那首诗间

却从来不知道

人间四月

是谁种下的情

十里桃花

是谁播下的种

王 者

千年之上
你剑所指的地方
是一场风暴
而你一指再指的江山
会是谁的天下

也许你的肩负早已
超越了最初的渴望
壮志未酬
终究有许多事无法完成

走不出美丽

我们注定了
一生孤独
在沦陷的土地上
山川荒芜河流堰塞

那时我们学着隐藏
把思想刻在
龟甲竹片和壁画中
无人倾听

即使在心的某个角落
也无法找到
我宁愿做一名暗恋者
藏匿于众人中

或许你始终就没在乎过
我的每一次深情凝视
注定了无法再相遇
那就不如永恒地留下
一个漂亮的转身

于是试着
遗弃最初的渴望
试着
走进沽名钓誉的城池

可那不是我的追求
属于我的只有
这片贫瘠的土地
我把文字刻在石头上
把泪水洒进泥土

我饮噬孤独
却仍在寻找
从秦砖汉瓦到唐宋明清
你的容颜
飘过我的记忆

你是那花儿的绽放
是丝路上的鸟鸣
是沉入水底的景德青瓷

你的纤指兰花
叩动着我的血液
我狂奔
在你设下的猎场里
是那脱缰的马

不仅试问
那一块纯粹的无法再纯粹的土地
将遭谁的践踏

那长鸣于风中的
是剑的嘶鸣
剑就在你手中
剑所指的地方
是我生命的绽放和轮回

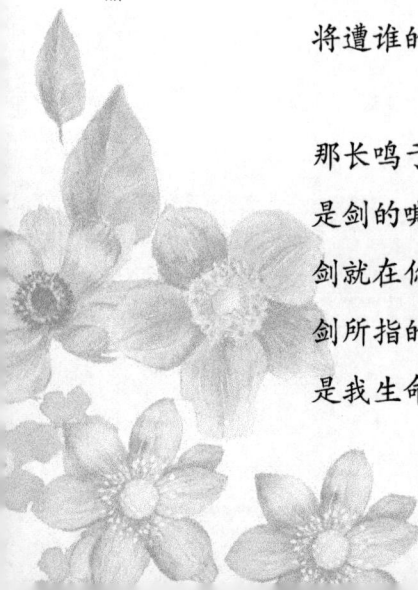

走不出美丽

雨　中

在雨中

我默默地离开

不说一句话

请原谅曾经的不辞而别

有太多的缘由

让我们分别

别过

才知道漫过长夜的苦涩

所以

雨依旧是雨

在每一个夜晚倾盆

伤了星辰

黯然了月光

所以

在雨中

走不出美丽

一个人狂奔

追逐远逝的时光

在雨中

你静立着

似多年前的那场告别

风影残烛

我的记忆

是无法诉说的痛

是流年

扼住了谁的脚步

在雨中

我祈愿与你重逢

迎着风和雨

怕只怕每一个画面

都是心底的飓风

所以

雨不再是雨

是我多年为你酿造的回忆

会在这偶然的相逢里滂沱

走不出美丽

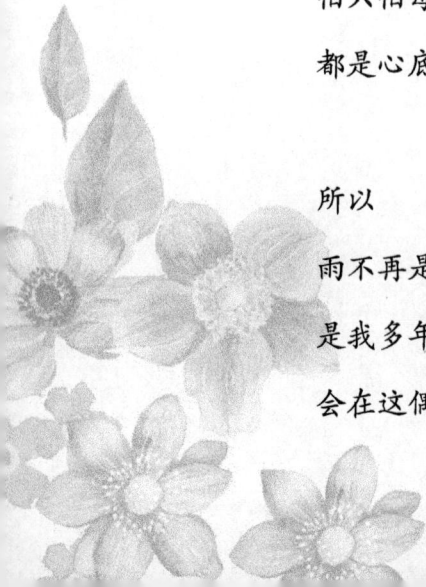

醉了那山那树

谁人能懂

那春的夏的秋的凉

丝丝缠绵

在雨中

我想起你

我想起你

在雨中

城

一座城
因人而美丽
一个人
因情而生动

怀念一个城市
放不下的其实只是那个人

我因此把所有的相遇
都视为前世的修行
心怀感念
又倍感珍惜
用诗和思念点亮生命

害怕寂寞
不是需要拥挤和喧嚣
抛开灯红酒绿
想一想
其实有你足够了

走不出美丽

我渴望的很简单

独居一处荒山

撷一缕溪流

一生与你相伴

从此

你为山川

我为涓流

缠绵在你的臂腕中

滴滴通透

水因山而深邃

山因水而灵秀

从此

你为明月

我为星辰

月缺月圆终身相依

月明星稀

只为陪伴不与争辉

可终究

还是差了那么一点点

在城市的人流里我们擦肩

我记下了你的名字

看你消失在落日的余晖中

无力阻止

我们彼此欣赏

却又彼此错过

也许时间是对的

让我们遗忘

也许时间是错的

让我们无法忘却

走
不
出
美
丽

也许多年以后

在梦中

我会依然

呼唤你的名字

醒来时

满满的惆怅与失落

生活会突然沉寂下来

没有人知道好与坏

在回忆中

挣扎与哭泣

行尸走肉般忘记了

身边的一切

那时

会感觉一无所有

当物欲的梦想

逐渐被拥有

我们却突然

渴望回到原点

回到

一尘不染的童年

回到

湛蓝而洁净的天空

一双清澈见底的眸子

没有一丝伤害

人心是会变的

因城市的繁华

一条路通往城市

便形成若干分支

如果

放弃一切

我们真的可否还会再相遇

如果真的能相遇

我们又能否放下一切

城

你在里面

幸福而安逸

而我感到窒息

我奔向了你

在每一个能见到你的地方

购买着属于自己的空间

却仍然像在流浪

我知道

我不属于城市

也不属于你

我只是你天空中

飘过的一朵云

会下雨的

那朵云

走不出美丽

云水谣

突然驻足在某一刻
凝重而茫然地追问
那望眼欲穿的天空
究竟会掠过什么
我们渴望穿越的山峦
究竟又有着怎样的风景

一朵云
或许会有思想
不然又怎会
在艰辛的跋涉中
化作雨
义无反顾地将自己交与山川

我也试着停止流浪的心
化为水
与你朝朝暮暮在云水间
将青丝涤尽

也许那时

终于明白

我们一直追寻与渴慕的

原来只是

天边的一抹残阳

也许前世早已注定

与你十指相扣的那一刻

便是一生的承诺

把心交出去

倾尽一生的付出

看似虚无

有谁不是把命运

交与所爱的那个人

在一瞬间迷失

走不出美丽

我们无法预测未知的一切

哪怕只是下一秒

所以

我们需要在误解与原谅中

试着给予

试着探寻

试着在一起

牵住你的手

不肯分开

我怕分开了

就无法再与你一起

看

细雨霏霏

看

云疏云淡

如果没有悲伤

我们学着长大学着肩负

学着不依赖不等待

在困境中坚强

许多人许多事

没有人告诉你也懂得如何面对

我们把自认为柔弱的部分隐藏起来

把刚强的一面呈给世人

不矫揉不造作

甚至清高甚至冷漠

只想预示他人我们是强者

不会有也不该有悲伤

如果没有悲伤

那么离别就只是离别

你来便来去也便去了

不会有挽留也不会有珍惜

更何谈什么生离死别

你我便是一季的秋风

别过哪怕一生都无法再相见

走不出美丽

是的离别的时候

如果没有悲伤该多好

从此息息相关的两个人各自天涯

从此不再分享彼此的快乐与忧伤

还好你没有给过我承诺

我刚好可以不去期待

不期待有谁

在你最需要的时候会伸出援手

不期待有谁

会像我一样从你的世界走过

抹去你的胆怯焦虑以及

我曾深爱过的悲伤

如果没有悲伤

我想我会像鸟儿一样自由

一个人行走不担负另一个人的悲欢

忘记一切的昨日和昨日的一切

一切的一切

坦然面对每一次的日出与日落

如果没有悲伤

行走的诗

你是诗一样的女子
是行走在生命里的篇章
你有
诗人的忧郁悲伤以及
极浅极淡的言辞

你忧伤的眸子
是诗行里最隐晦的修辞
没有过多的表情
无须任何诠释
你把最想表达的部分
隐藏在心的最深处

我因此读懂了你的忧伤
也许一切都是虚无的
心若无旁骛
尘世的喧嚣
也只能是风

走不出美丽

你把落花挥洒在如斯的风中
任时光流逝
你是行走的风景
流淌的修辞
你是诗

在雨巷中撑着一把油纸伞
在醉翁亭里饮着半壶茶
你不吟诗也不赋词
却是我一生也无法谱写的
那首诗

清 明

春天来了
或许只是在一夜的春风里
草儿泛青树儿发芽
你也归来了
行色匆匆

也许有那么一刻
我们忘记了所爱的人
忘记了他于万千世界中
给予你的那个嫣然回眸
忘记了他于千里之外
一针一线的深情

也许在你睡醒的刹那
才会惘然若失
我们曾经寻找的
熟悉的身影
在楼梯的拐角处
消失在你的视野中

走不出美丽

哪怕寻遍了整个世界

都无法找到

才知道原来他只隐藏在你的梦里

似乎只有此刻

你才可以直视

说着推心置腹的话

却只是

一纸阴魂叙旧事

阴阳两界铸新篇

走不出美丽

遇　见

一生一世

花开花落

有多少人能够走入你的内心

让你怀念留恋

有多少人一转身

便成为亘古的故事

总有一个人或一件事

让你封存于心

不敢触碰

却又念念不忘

是啊

一生一世

不短不长

却让我们遇见

在你今生最美的时候

你的一笑一颦

不经意的嫣然回眸

是我今生无法抹去的记忆

走不出美丽

一个人一件事

足够了

失落了就永远回不到起点

在深深的一个拥抱之后

转身离去

也许泪水早已无声滴落

是的

我也曾深深地爱过

但我深知

这份爱带给你的

是无尽的痛楚和伤害

两个人的痛

独自承受

也许是对的

一个人的幸福

也许不需要另一个人伸出援手

你喜欢与不喜欢

都已无关紧要

重要的是

在今生最美的时刻

让我们遇见

走不出美丽

疯狂的石头

你真的很美

因为你超越了最平凡的石头

生活赋予你五光十色

你回馈了千种婀娜

阿房宫赋

是谁的美酒尚未斟满

又是谁虏获了谁的芳心

笑看人世三千繁华

那个献宝而卒终的人

是受了谁的指使

那个传世不菲的璧玉

最后又花落谁家

你出身名门

被匠人精雕细琢

赋予你无上荣光

在分门别类的那一刻

注定了人们将为你而折服

从此帝王将相

一去千年

是谁配得上你还是你配得上谁

美丽的石头

又能以怎样的姿态面对

画

在风中

我摇摆

按着风的秩序

迷失

沧落至此

我该如何面对

那个被我冰冻于心的故事

早已有了剧终

孤零零地

印在旷野的深雪中

伸向远方

我该不该继续等待

那个消失的人呀

你是否已找到心的归宿

在温暖的壁炉旁

喝着丁香茶

品茗多年的心事

是否会想起

一个身影

于风雪中永恒地站立

昨 日

在离人的影子里
花已悄然开过
我无暇过问
也许她早已把你忘记
你看她艳艳地笑着
没有一丝的忧伤

她忘记你了
也许永远地忘记你了
不会有一丝一缕的牵挂
那些缠绵悱恻的爱情和
支离破碎的语言
无法证明
那些韬光养晦的过去
无法证明

前世
我是谁
遇见了怎样的是是非非

走不出美丽

为何今生

有放不下的情

解不开的怨

尝不尽的人生冷暖

一世情欢

也许

我不是前世埋下你的人

纵使全身心地爱着

却无力拥有

可为什么

你的举手投足音容笑貌

挥之不去

为什么

在喧嚣的节日里

会突然沉寂下来

谁人能懂

一次次地将自己从现实中拔离

一次次地沦陷在自己的苦酒中

那个雨中流泪的孩子

埋下了怎样的辛酸与苦楚

也许人生最大的幸与不幸

莫过于爱着离开

却仍然笑着面对

走不出美丽

153

你终于没有

等到曲终人散的时候

就这样地走了

只留下嫣然回眸

和无法释怀的昨日

走不出美丽

你是我今生最美的遇见

千年古寺烟雾袅袅梵音缭绕

紫丁香花开花落

满眼的落花烟雨

凌乱了多少的离愁别绪

你于这烟雨中慢慢地走来

从此注定了今生的与我相遇

你默默地走来

从唐诗宋词中

从明清的深巷中

带着婉约古朴的气质走来

你还将走下去

直至成为我生命中的匆匆过客

你是我今生最美的遇见

我是多么想挽留你

在落满丁香的路上

多想陪你一同奔赴

烟雨缥缈的征途

为你拂去一路的风尘

也许前世的错过

错过了今生与你相伴

我愿拿一生来弥补

换取与你的一次美丽重逢

我相信会有下一次未知的故事

也相信在如诗的烟雨中

你我会再次相遇

走不出美丽

请记住我的悲伤

我被春天的风啄痛

那些春暖花开的消息

如今无法打动

寸草不生的心

为什么如火地付出

最后剩下的只是灼热的炙烤

看来我是真的老了

我火热的情怀

已成市场廉价的物品

被人们挑来选去

你也一样

毅然地转身离去

不屑于背负太过沉重的责难

看来我是真的老了

是该试着尝试

也许孤独也好

我们迟早要试着习惯

走不出美丽

157

一些人一些事

无论你情不情愿

终将失去

世间有多少相爱的人

不能朝朝暮暮携手同行

你深埋下一个名字

也许恰巧她也暗恋着你

世间又哪有那么多美丽的邂逅

在你最需要的时候

一个人

恰巧出现在你生命里

如此真切地相爱

又如此坚定的惜别

这又何曾不是

一种深深的缘

所以

我会记住你的模样

从此不问尘世的纷纷扰扰

独僻一处荒山

心中只有一份热烈的期盼与执念

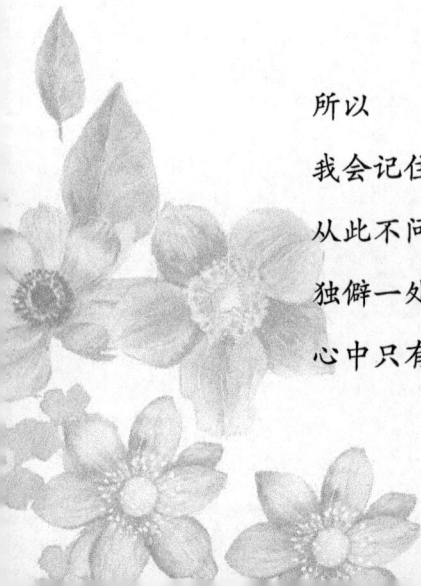

一个人因执念而挣扎

不是不敢爱

不是不去爱

而是无法成就另一个人的希冀与托付

请你记住我的悲伤

致红颜

不知从什么时候开始

也不知到什么时候结束

你悄然走进我的生命

像一首诗

也许曾经的一别

走了也就走了

没有花开花谢

也无牵肠挂肚

可为什么

你又回归在我生命里

让我永生的迷失

也许你就是一个顽皮的孩子

不懂得爱怜与珍惜

那段流逝的岁月

弥足珍贵

是的你有太多的时光与青春

而我疼惜这错过的每一分每一秒

疼惜与你共度的每一寸光阴

曾经的一幕幕

朦胧而又清晰

你若隐若现的存在

扼住了我前进的脚步

是的我是要给你幸福

给你春天的嫩绿

夏天的浓艳

和秋天的姹紫嫣红

我把最美的景色送给你

只为你青春依旧的面庞

如花般绽放

可仅仅是一个转身

你我已是万水千山

再见你时

是我想见却又不愿见的你的美

我懂了世间最远的距离

原来只是你的一个转身

你我终究没能超越世俗的围墙

那么可否试问

我可不可以依然固执地坚持

像曾经的许诺

做一生一世

你的蓝颜知己

走不出美丽

不负韶华不负卿

或许这是对的
选择了离别
在无望的挣扎中
有谁能窥见你内心的彷徨
是的
没有时间让你忧郁
没有青春让你虚度
虽然你是那么柔弱
像一泓秋水

或许这也是对的
选择了离别
尽管心如刀割
可我怎负你青春韶华
误你年轻幸福模样
所以就这样
隐退于万千人海
是怎样的孤独

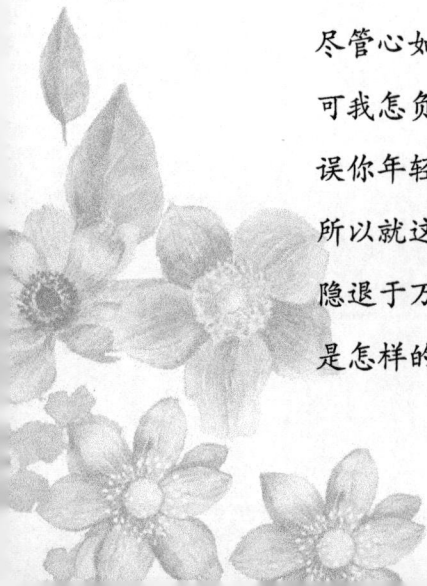

走不出美丽

不是李白却胜似诗仙

相忘于江湖

这该是怎样的寂寞

想象着你温柔以待地

嫁为人妻

从此不问江湖风雨

无论过往恩仇

这该是你渴求的样子吧

有多少是无奈

有多少是留恋

又有谁会在乎

泪风干之后

在呆滞的目光里

见与不见

毫无意义

从此人生

也无论短长

白　杨

别为我哭泣

白杨

尽管这一次

身孤影单

我还是要走一走

你知道

能够让我抬起头来的

只能是你那伟岸的躯干

走不出美丽

虽然在这深秋

我们依然怀念春色

但我们怎奈

严寒的如约而至

从枝头飘落的

又何止春光

你知道

我们每个生命里

又怎能缺少风寒

白杨
请原谅
这一次
是我自己
看月亮

每 当

每当站在辽河岸边

望着浑浊而忧郁的河水

每当行走于川流不息的人海

任寂寞悄然漫延

每当为自己的平凡之作

满眼泪痕

才发现

人生的真谛

才发现

影子里太多的内容

走不出美丽

风　筝

有的希望是静止的
有的飞翔是停滞的
在蓝天与大地间
自由被格式化为风筝
当爱被放逐
总有丝丝缕缕的羁绊

一个人的攀升
被另一个人牢牢地禁锢
便只能上下飞舞
看似自由的翱翔
却始终跑不出一线的距离

爱若真的动了情
松开手才是你想要的自由
所以爱与不爱
与风无关
爱就在你手中
放手一搏
才是人间最美的风景

人间最美是重逢

再见你时

已是多年以后

二十余载岁月

改变的可以是容颜的苍老

却无法改变过去

你依旧

像极了当年的你

我们没有感慨也无回忆

只是互敬着碗中的酒

因这场迟来的重逢

可是

你还是当年的你吗

我们从陌生变得熟悉

又从熟悉变得陌生

经历了怎样的风雨

我把最美的记忆留给你

只身回到残酷的现实中

是啊

一生追寻的

一旦失去

便无法再回到起点

还有什么比回忆

更加珍贵

我把最美的青春留给过去

在一切的恩恩怨怨之后

留给我们的也不过

只有相视一笑

深埋下了多少苦楚

你一饮而尽的那碗酒

或许能够证明一切

为我多年的等待

落上剧终的帷幕

不敢唱动情的歌给你

我怕无法控制泪水

不敢直视你的双眸

我怕今生无法逃避

请原谅

我依然似曾经的年少轻狂

走不出美丽

169

我们注定要成为

不平凡的人

所以在不平凡的道路上

各自安好

或许现在

我还是那个默默无言的人

在你们的交谈中

找不到插话的理由

我们一直在蓄积力量

寻找机会

当某一天的某一刻

我们不去在意周遭的评判

成为世界的主宰

当所有人开始

聆听你的声音

请大声地宣读吧

告诉这个世界

我来过

走不出美丽

如果云知道

如果云知道

人世的悲欢与苦楚

一花一世界

人的一生有多少花开花落

而你注定了是我

永不凋零的花开

在这个被放逐的第五时空中

我不是囚徒

却唯独走不出你的世界

哪怕隔了山隔了水

隔了满天的星辉

如果云知道

那么请带上我的祝愿

和思念

带给远方的你

走不出美丽

171

梦里曾回到这里

陪你游历在拉萨的街头

感受着极度超凡的美

心灵纯净得只有蓝天白云

如果云知道

布达拉宫和你

便是整个世界

当初是怎样的不情愿

把你遗失在人间

遗失在人生的洪流中

走不出美丽

人生不过是一场旅行

会遇到许多人

可是又有谁会

情愿一直陪着你

到你想去的地方

我不知道

人生能有几次相逢

我们刻骨铭心地爱过痛过

甚至来不及挽留

便奔赴于各自的洪流中

来不及品味

可是在静夜里

在闲暇下来的时候

梦醒时分

只有多年沉淀于心的思念

如果云知道

来生与你重逢

我相信会有来生
所以我用今生的修行
渡来生的与你重逢
每遭遇一重苦难
便注定与你的一次擦肩
我宁愿在苦海中泛舟
来换取来生的与你缠绵

我相信奈河桥畔
孟婆的碗
所以三生石上深刻下
你的名字
如果你对我有同样的眷恋
请不要让我在忘川河里
苦等千年
请于万千的人海里
给我一次回眸
哪怕只是一次回眸
我会在轮回转世中找到你

因为人世间

有你的故事里

无论哪一种结局都好

我相信彼岸花开

彼和岸无法相见的苦与痛

正如你和我

花开叶落

叶落花开

我怒放在你必经的路上

只为你那短暂的凝眸

哪怕转瞬即逝

我已努力地为你

绽放

一生无悔

致青春

转过头是微笑

背过身是泪水

你不问我不说

没有谁知道曾经的一切

是怎样的痛

所以转身地离开

不是对过往的轻视

只是伤口依然在滴血

怕触及到心底的疼

走不出美丽

我知道

沉沉地睡去

是对你以及自己的不尊

可是你知不知道

这一切都似在梦中

我的回忆现实以及未来

而你已不在我的梦里

尽管你极力伪装成过去的样子

我知道

我们已在不同的世界里

尊重你的选择

不管出于怎样的原因和目的

我企求你快乐

不想见到你忧伤的眸子

把所有的不快都留给我吧

化作文字

陪我度过余生

也许悲昂的文字

正等待泪水的灌溉

才会放出璀璨的光

所以青春是美好的

被打包成捆藏于记忆中

像一首诗

不必有结局

不是每一个作品都会发表

就像我

一生都在谱写一首

其中的某个片段

投稿了　获奖了

便不是最终的遗憾

无论结局

梦　境

曾经

义无反顾地爱了

总以为

奋不顾身地付出了

便不会有遗憾

可是到头来

一切成空

曾经

觉得已经身经百战了

不会轻易地爱或不爱了

却原来在感情世界里

我们依然只是个孩子

曾经

自以为的不应该

还是没能逃脱世俗的墙

一次次地上演着

花开花谢

没有离别的列车

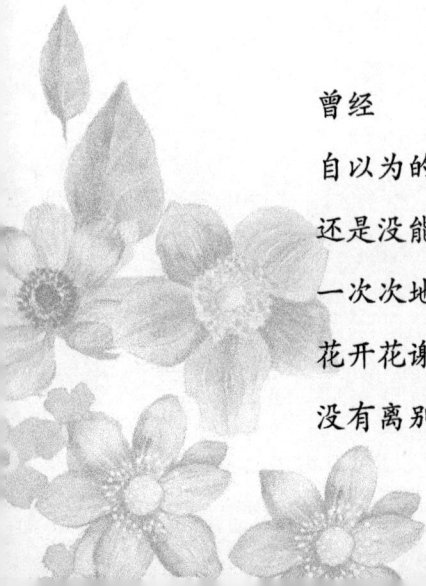

却依然似那场

生离死别

是的

我无法目送你离去

目送过去的岁月

点点滴滴

深刻在记忆中

五年足以说明一切

如果不是

谁愿如此

在迷茫的时候

给予你想要的

看似无谓的一切

是的

虽然这一切都是

如此的卑微

也许

让我奔赴而来的

正是你的至善至美

一切都是那么虚幻

像梦一样

而我只是在梦中

迷失

走不出美丽

缅 怀

在那个醉人的节令里

她走了

带走了一切过往

时间凝固在这个夜晚

静静的白桦林

静静的落叶如雨

淋湿了我的记忆

风轻轻地擦过

一如她柔弱双手的抚摸

然而在这个深秋的晚上

不会有不会再有谁

为我

拂去身上的尘土

拭去眼角的泪水

抚平昨日的忧伤

只有那飘落的白桦叶

轻轻地掠过我的脸颊

轻轻地砸在我的脚面上

轻轻地为我的记忆追悼

她走了

悄无声息地走了

在那个深秋的夜晚

也带走了我的一切

走不出美丽

试着遗忘

遗忘
是一种辛酸的无奈
是爱着却说不出的一种抉择
是走出去又踏回来反反复复的一种折磨
回忆是刻骨铭心的
那逝去的一点一滴
在心中流淌
心是永恒的
却被现实扼痛
试着遗忘吧
曾经的美好终将过去
可是遗忘
是脆弱生命中无法承受的痛
是每个不眠夜晚匆匆的过客
是睡去又醒来无法挣脱的落寞
当美好已成伤痛
记忆便成无情杀手
心破碎的声音打破寂静的长夜
是谁可以听见
试着遗忘吧
曾经的美好终将过去

别

你犁下最后的诗行走了

犁下了深深的昨日

像崭新的伤口

在属于我的那个雨季里

不轻易醒来

在那个烦躁不安的夏日

白杨下

那个善于怀旧的人

把手指向天空

寻觅星光下的誓言

才发现

春天

易于苍老

刚撕下的那片鲜嫩的情节

已失去光泽

即使用刀子刻下永恒的记忆

走不出美丽

183

如今

用视线寻找疼痛的感觉

原来昨日

不过是一场

渐而远去的风暴

一别　便无归程

走不出美丽

多　想

多想

在夕暮的红晕里看你如霞的身影

多想

在晚来的风中聆听你如梦的低语

多想

在长夜的灯光下采撷你羞涩的面颊

多想

在你的笑靥里走出一个永恒的记忆

多想

在你的长发里嗅那户外田野的芬芳

多想

在长长的雨巷里躲在你的伞下避那不在意的小雨

多想

在节日的喧嚣中忘却忧伤

多想

逃避这段梦幻与渴望真真切切拥有一段往事

走不出美丽

我

站在无人注目的角落

我 用一个冷漠的容颜

表白心境

从风吹乱的发隙里

看世界

扫荡了一幅

很优雅的风景

我 与世无争的表情里

总埋藏着很深很深的怅惘

给游人

添一个好长好长的话题

天空也

泪眼凄迷

我 在梦境与现实间徘徊

寻找失落的岁月和往事

醒来时

改变的是世事和沧桑

而我

仍旧是我自己

远方是寂寞的海

寂寞再一次问津

忧暗的心灵

仍旧是徘徊

岁月的往事湖水般

潮汐着忽明忽暗的眼睛

路与星斗遥远而苍茫

拨开荆棘

前方依然是夜

走向远方是寂寞的海

害怕孤独是沙漠里堕落的水手

唯有走着的人记忆才会飞翔

昨夜往事崛起于冰凌之外

花朵不逃避飞雪

那是寒梅的记忆

曾经傲然于枝头

终究凋零

雪

把岁月深埋

把记忆冰封
我在瑟缩的枝头徘徊
记忆与岁月携手同行
情与无情更替出现
滋生美丽的脉络

我睡去
在美丽之外
我聆听
大地的呼吸
那是一首古老而神秘的旋律
忘却生与死的挣扎
因为我已身临
无奈地选择
夜漫长沉睡的理由
逃避暗影里隐藏的冷漠
那时我不知道
你屏障的胸怀
早已将我收容
我庆幸从睡梦中醒来
望见启明与灯火
于冰雪之外寒冷之外
分外清晰地站立

走不出美丽

前方夜色漫长
是前行还是静止
已没有相抗的力量
我微笑着走向远方
远方是寂寞的海
与我没有距离

时　钟

长城之侧

布满青苔的石上

是谁的泪水

依然潮湿

拾级而上 逐级而下

是人们无法测知的高度

只有 树黄了又绿

山绿了又黄

谁用牙齿撕开了陈旧的衣钵

打出火红的旗帜

是谁用浓硝之下

残破的躯干

承袭龙的韵志

倒下的 已恒久地倒下

倒下的 让站立的姿态更坚决

没有谁可以

站立数百年岿然不动

而他的姿态永恒

是谁可以再度强大

重现青春

而流水不复

在我们远古的梦里

察觉不到

时钟 敲碎容颜

而醒来 我们依旧微笑

新事物的崛起

人老如梦

我们已成衣钵

需要新的牙齿撕了再缝

而时钟

时钟不会停歇

走不出美丽

生命的组诗

（一）降临

幽暗的灯

一切都在沉默

他的目光遥远而虚幻

投影是固定的

揳入墙中

一个声音咆哮了

另一个声音却抵抗着

画布依然苍白

油彩的等待形成爆裂的声响

有风吹过

两种声音融入虚无

只留下一阵绞痛

他一跃而起

啼哭此刻

是脱离母体的宣言

（二）活着

活着

是一种肩负

有流体淌过

思绪于是展开

像山峦伸出的触角

趋向于永恒

为光明而勇敢地死去

他在黑暗中的等待

是更坚强的存在

哪怕一切

将在黎明中结束

活着便

站立成松柏

倒下了

也是不屈的信念

十年的倒下

为傲然的挺立埋下

深深的渴望

忍受生命的磨难

是为了存在的幸福

（三）为爱

为爱

母性的苍老埋入泥土

营造与毁灭

装入圣洁的瓦钵

形成统一的整体

为爱

肉体与肉体搏杀

侵略与被侵略撕咬

血是灼热的

以血的流淌

阻止血的流淌

以爱点燃仇恨的残暴

和平是鲜红的

为爱

孱弱逃遁苍老逃遁

丑恶的畸形发展

连同那埋藏许久的冷酷

在冬春交界的深渊逃遁

而槐花开了

在母性的捍卫和灼热的炙烤中

为爱绽满枝头

走不出美丽

（四）拥有

我是要急着赶路

在那静静流淌的正午的阳光里

穿过拱门

在平静的湖面上

有我的约会

恪守诺言的拱门

而我的恋人去了哪里

长凳这个

默默无言的听众

品味了太多人类的悲欢

为誓词而站立成永恒

而抛下誓词的

我的恋人去了哪里

那双为落叶心痛的手啊

剥开日记

像剥开无数门庭的宅院

那里的生活

像拱门和长凳般简单

（五）雨夜

这样的夜晚

诗的降临

如同窗外的冷雨

愁云和尘埃落定

天空因此渐进晴朗

而黎明的距离

还需在微弱的灯光下

在感觉与表达间

等待丈量

诗人那

你这可悲的命运

在黑色围困的曙光中

是谁肯轻易地触及并评判

是的

我是在诗的淹没中死去

并且不再苏醒

走不出美丽

来自大地的颤音

大地之音

苍老而旷日持久

因久居音响的庞大嘈杂

逃离居室

听最原始的风和流水

也因古词里太强的韵脚

而赶赴现代诗歌

从大地平白的构象里感受超自然的美丽

有谁

不从浩瀚的波涛中得到启蒙

而波涛之上

那泛着鱼腥咸味的天空

只留下一片空蒙

我奔赴诗的约定

于这片空蒙的尘埃中撒网

打捞属于或不属于海或者天空的

霞光和燕影

走不出美丽

我于大地的缄默中战栗

人类因太小的功勋而开始滔滔不绝

而此刻

我眼中

没有什么比这把黄土

更加珍贵

更加催人泪下

只有这看似平凡的泥土

才塑造出人类

与人类中一切的辉煌

却在自己的塑造中尝试

悲哀而极致地毁灭

我从这悲哀的空隙中沉降

如从现代文明的顶峰跃落

走不出美丽

回到最初的渴望里

我们严谨而周密地忽视

航程中那些

微不足道的蛀虫

是谁可以在

丰盛的晚宴前

想起

最初的泥土

是谁不在

一路的灰尘中诅咒

乡间黄土的裸露

我于遗忘和诅咒中毅然逃离

从辽河以北的泥泽中

树起火把

从这最初的火的愤怒里

燃起鲜明的旗帜

没有什么

比歌声更嘹亮的呐喊

也没有

比农民更懂得土地的人们

这是城市暗影中掩埋的罪恶

大地强壮的躯干开始疼痛

我从这碎裂的地表的轮廓中

看到大地浑浊的泪水

已无法挽救淮河平原

绝望的人们

似乎没有理由在这窒息的城市中

去欣赏楼层的高度

也没有理由

在某一庆典中为往事沉迷

我于大地的痛楚中

窥探

用火把点燃

废墟

让废墟的火种燃烧

希望

一种预示人类毁灭中重返大地的光明

而大地仍在震颤

这火的力量

在急骤的风雨中

摇摇欲坠

走不出美丽

遐　思

我想摘下

每一片绚烂的霞光

每一朵安详的云

把所有空虚的痛苦的惆怅的思绪

营造成一派温馨的格律

让所有最年轻的

最纯情的微笑

成为彼此最深刻的记忆

还有满园的山茶花和

开不败的君子兰

我想摘下

河埠头那顶旧毡帽

用一个同样的表情

澄白重压下的脊梁

没有丰收的季节

放下担子还是走吧

重重的云天外会有一顶朝阳

走向一个没有阴云的远方

让那个流泪的季节

成为永久的祭日

还有别里科夫的套子和

孔乙己的长衫

我想摘下

鼻梁上那副镶铜的眼镜

以真实的风景

代替虚幻而苍茫的宇宙

不去理会

迷失了远方和女孩子的嫣然回眸

挽回那个忧伤的眼神

还是留一个傲然的背影吧

重重的雨天外会有一个

风和日丽的早晨

长长的海岸线上是我追梦的足迹

还有那个黑色的耳包和

厚重的围巾

我想摘下

都市里

华灯初上的那片喧嚣

留给自己午夜里寂寞的灵魂

让最纯情最晶莹的泪滴

凝滞成不朽的诗篇

放下笔还是睡吧

没有极致的语言

写下郊外那条逶迤的小径

倒下了泪光与烛光

是心灵最生动的宣言

爬起来吗

可是没有人

以目光送我

爬冰凌过荒山

为何呢长夜卷帘

总不是记忆中的你

我想摘下

枝头的蝉鸣和

野外的蛙声

一声又一声

一生又一生

家　园

（一）

母亲以冻僵的手指

为我缝下许多

沉默的心事

我在黄河以北的城市里

烦躁不安

习惯的西伯利亚寒流

迟迟没有来临

许多强壮的草木

已然超越故都的景色生长

为迎合许多

陌生的情绪

我毅然挺身于夜路的泥泞

许多沸腾的血液

潮起潮落

在那些共同的景致里

寻找不是寂寞的感觉

（二）

一条路为我蜿蜒了许多年

牛车沉重

辗动贫穷的岁月

人们凝重的面孔

随天阴晴圆缺

我默默地记下

许多泪水

和沉睡的种子

我被许多凝重的目光驱赶

走向另一座城市的喧嚣

我挥泪写下

许多诗行

写下不眠的长夜

（三）

辽河以北

在向阳的坡上

许多花木盛开

我在另一个城市

颤抖地握紧母亲的信纸

一条路强壮

从乡村到城市

我伏案就着月光

品味沉默的幸福

为一只沉睡的鸟

我静默地刻下

一些飞翔的文字

在没有表情的脸上

刻下一丝安慰

我想起一堵矮墙的阴面

布满苔藓

许多瘦弱的手指

谱写出不老的春天

（四）

在所有思念的道路上

母亲走在了前面

以苍老的步态

在北方

苗壮了许多年

为太多的期望

我回归

以流泪的心情

栽下最后的玫瑰

在布满兰花的山上

背对这些潮湿的思想

植下许多阳光的季节

走不出美丽

昂首未来的岁月

家园呦

你可听见

一些城市许多穿行的脚步

正叩响在回归的旅途上

为历经磨难的故土

采摘丰硕的果实

心灵的余震

汶川惊醒了午睡的人们
废墟之上
一双双渗血的手
探寻瓦砾下的希望

婴儿在啼哭
军人在流血
亚细亚的人们没有泪水
妻子用歌声挽留着丈夫的灵魂
母亲用躯干擎起生命的空间

那是灵与血的交汇
那是情与爱的融合
那是生与死的瞬间
父亲无泪
因老天厚葬了他的儿子

山川破碎
河流堰塞

大地的躯干因人类的悲壮

而战栗

在满目疮痍的家园

人们依旧

满怀希望

在房屋、桥梁和道路的断裂带上

生命是脆弱的

在灾难、困难和艰辛的融汇面上

意志是坚强的

在死亡、伤痛和恐惧突然来袭时

泪水是苍白的

人们从四处涌来

没有道路

就是所有道路

在群峰深处

在浪尖风口

在云层之上

人们与时间展开角逐

一个又一个生命的奇迹

在血色的旗帜与迷彩间绽放

死亡的恐惧

在微笑女孩和可乐男孩的演绎下
淡淡地隐去

那些劫后余生的孩子
是否真的会
试着遗忘
我的心开始震颤
在大地母亲的余震中感怀
但愿通往天堂的路是美丽的
像活下来的人一样
未来充满了鲜花和掌声

走不出美丽

远征三别

（一）赠别

眼帘朦胧的瞬间

手帕在风中舞蹈

从九月直到如今

用一丝透明的寂寞

想起 夏季

我渴望 青青山岗

不要问 那些

流水样的无奈

以流萤的目光

点燃 午夜的灯火

尽管乌云遮住晴空

仍有羽翼抗击风暴

在乡间

没有乌合的嚣声

你静听

那凄切的

为你流泪的 心音

和凝望

被夕阳　缝合得

身影

不会是　不该是

每条河流

都曾记忆

我看见

你憔悴的影子

辗转

为失去的岁月

拿起背包

收拾刀镰摧残的情感

你会在长夜的灯影里

用思念缝合

像树般

守候我

踏向你梦野的足音

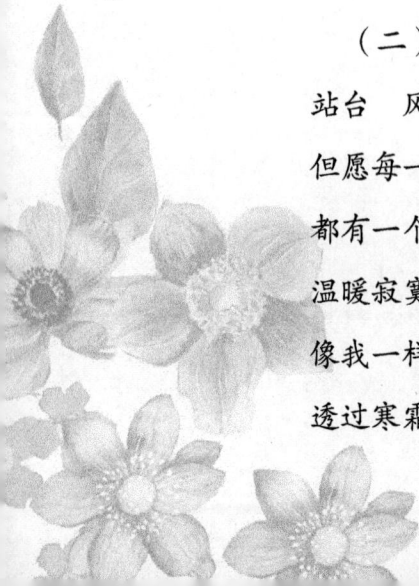

走不出美丽

（二）惜别

站台　风很冷

但愿每一位远征的人

都有一个挥舞相思的身影

温暖寂寞冻僵的心

像我一样　不会流泪

透过寒霜朦胧的视野

你在车窗外站立成

一尊雕像

任乱发吞没容颜

我分明看见

两行晶莹断落成珠

伸手不能触及

我想用　微笑

终于　只是挥手

把思绪搁浅于

你晨曦的眸子

在许多寒冷无眠的长夜

黑色的海

我的堤岸 崩溃

想起当初

不曾落泪

（三）送别

相望　没有悲声

泪水不很极致

像语言一样苍白

想起　河岸　柳巷　蔷薇的花朵和星夜

想起　残月　异域　红红的枫叶和黄昏

心　澎湃了

再不敢以目相望

怕触及往事

仿佛漫步　　没有终点

列车与错过的站台

擦肩而过

我仍在黄昏与星夜间徘徊

选择一种方式

像你一样

留一份

宣誓未来的目光

贫瘠得没有

文字

走不出美丽

来世今生的约定

就这样

轻轻的你走了

只留下我——孤单伫立

往事如流水

在记忆的河中

静静地流淌

请原谅吧

我会记得那短暂的一瞬

那游园的桌前

刻下的不仅仅是你的名字

还有我的记忆

请原谅吧

在人生的路上

我们曾幸运和不幸地相遇和分离

我们互致问候

彼此微笑

在擦肩而过的瞬间

珍藏下了美好的记忆

请原谅吧

前路险恶

我不能与你同行

但请带上我的关心和祝愿

我已

为你祈求了今生的幸福与姻缘

只愿在下一条未知的路上

——等你

携手又一个百年

走不出美丽

梦 幻

（一）

分别

是一场冷雨

而你

是车外雨中一道永恒的风景

一切都是潮湿的

远方

你和你手中未撑开的伞

手紧紧地牵着

没有任何语言

你知道

语言已是此刻

太苍白的诉说

只有泪

泪的说明有力而简单

而窗外

一切的景致都已模糊

我眼前

过去和未来交替而鲜明地呈现

而我

已无法回到最初的美好

去珍惜曾不被珍视过的相逢

此刻

一切都是无声的

无声是对时间最好的珍惜

我们等待的也正是我们所抗拒的

汽笛对我们下了最终的裁判

裁判这一次

也许是这一生的分别

我的心破碎

视野再一次被你的身影扼痛

一切都渐次隐没

一切又悄然站立

走不出美丽

（二）

距离就这样成为距离

往事就这样成为往事

告别了

我的大学

告别了

我的往事和记忆

也告别了

这个令我伤心的城市

可是告别

是一个多么残酷而冷漠的意味

它不是忘却的开端

也没有对未来重逢的预言

它是缥缈的惆怅的孤寂的希望和期待

我于汽笛的呜咽和泪水的浸泡中睡去

也于汽笛的呜咽和泪水的浸泡中醒来

过去现在和未来

一切都从脑海中消失

我带着最初生命的本能存在

喑哑着感觉呼吸心跳和时光静静地流淌

这该是一个结束吧

生命本是由若干个开端与结束结束与开端的衔接

而我的开端将在哪里

天阴霾着没有雷声

只有轰隆隆的火车声

丈量着

我与她之间

我与那个城市间

和我与悲哀间

不成比例的距离

（三）

故乡的气息重了

而此刻为什么我的思乡之情却极浅极淡

故乡

那个我无数次用笔耕耘用歌声吟唱

叫我魂牵梦绕的故乡吗

当初我孤独地离你而去

又是带着怎样的悲哀与苦楚

怎样的恐惧与孤寂

而如今

回到最初的思恋中

为什么

我的思恋又会在远方

在一个曾经遥远而又陌生的城市

我的回归

是不是一场悲剧

一个曾不忍离开

却又不愿归来的人间悲剧

是不是早已注定

人生要经历太多的悲剧

才会有云霞和彩虹的瑰丽

才会有鲜花和掌声的簇拥

走不出美丽

（四）

家乡的梅雨季

已很早开始

我的脚

被往事的门槛锁定

刚换过的影集已面目全非

我在阴晦而潮湿的卧室里饮噬孤独

这是一个怎样的开始呢

用思念缝补

斑斑驳驳的伤口

而你极致的憔容

无数次切割我的记忆

往事如烟

你的身影极难触及而又永不曾忘却

这又将是一个怎样的结局呢

注定我们要进入最终的遗忘里

只有无奈地守候

守候

这份思念在岁月中默默地枯萎

而这种守候会不会是以青春为代价

我握紧画笔的手颤抖

曾经小小的渴慕

一个不经意的许诺

此刻却变得如此遥远

走不出美丽

给你画像竟是这个夏日里最难企及的愿望

而你的音容在记忆的最深处

早已定格为不变的样子

唉家乡的梅雨季迟迟不能结束

（五）

早起

为一个晴朗的早晨

为迎接第一抹阳光

也为了一个崭新的开始

把往事燃成灰烬

燃成迷雾的黄昏

——忘却

不知已是第几次重复

这个简单而又沉重的字眼

可是在这个明媚的早晨

你的音容依然绽放

于是我走向海

在沙滩上画自己

然后任海水轻轻地抹去

在礁石上迎向南来的风

任巨浪在脚下粉碎无数的相思

哪怕只是短暂的一瞬

走不出美丽

（六）

为你写下的诗稿

早已凝固

残章断札

那是自相逢就早已注定

那是你和我

都不愿也不忍

写下的结局

此刻我才仿佛听见

早在我们举杯的时候

你为此而发出的叹息

而我此时的心痛

是不是对那时的不屑所追加的伤害

想来当初

只应无谓地挥挥手

让年轻的心里没有沉重

不枉我笑傲人生的哲理

想来当初

只应抗拒最初的相逢

让你与我风花雪月的故事

只如过眼云烟

想来现在

不该在远离你的波光与水岸

将往事写满

这湛蓝而又犹豫的天空

而这一切都这样

顽强而坚韧地发生

（七）

夜幽深而宁静

紫钨灯发出淡淡的光

这是每个夜晚所面对的课题

一个人静静地坐着

看烟火在灯光中所呈现的

绿玛瑙的颜色

这会不会是你婚戒上

那颗耀眼的宝石呢

这会不会是我夜路中

那只野狼的眼睛呢

也许都不是

那该是

镶入我的皮肤里的

爱的宣言吧

以火的力量

灼痛

语言是多余的

（八）

想起四月

我们追随季节

进入风的秩序

用线放飞

你的笑容

我知道这笑容

终会凋零

只好静静地守望

你跳跃在广场的人群里

跳跃在

一个寂寞而又空旷的视野里

这是一个无奈而又迷茫的记忆

此时我只有静立于风中

守望晚秋的田野

守望刀镰摧残过的土地

守望一眼的苍凉

（九）

一切如梦

我在音乐的氛围中

彻底消逝

思念是一些疯长的植物

遍布于除长江流域的所有空间

我开始感悟

这段绝无仅有的爱情

以文字的翔舞和激越

潮湿着这片

为你而保留的

洁净的土地

而在离别的背景下

我是苍老而落魄的诗人

无力真实的

镌刻出一切逝去的美好

尽管曾经

是那样真实而具体地存在

（十）

读懂你

原来不是想象的简单

像读懂人生

我踱步于爱情的腹地

反复着恰似围城的困惑

我开始怀疑

那些为我们盛开的岁月

是不是某一本书籍里

对爱情详尽而细致地描绘

我是要握住语言的机器

而面对你

走不出美丽

一切的言辞已极浅极淡

你始终保留着

那句简捷的辞令

让我望穿秋水

也仍是雾里看花

就这样默默地等待吗

等待时光慢慢枯竭

我们沉默而坚强的泪水

（十一）

来信依然热情洋溢

是自相逢以来始终不变的温度

而我曾经是那样

冷漠而持久地将你忽略

用冰冷的手臂

扼住你柔弱的水做的女人

在这片多情的土地上

始终以距离去抗拒悲剧

却无法改变生活戏剧般的情节

在某一次酩酊之后

终于明白

一切都悄然发生

不容拒绝的天空

纷纷扬扬

这是最后一刻

为无奈展开的沉默

我眼前的世界

开始沦陷

一把刀

我的心在滴血

（十二）

在这个秋天里

仍有许多故事发生

我的缄默是窗外的一棵树

这该是你眼中

最疼痛的景致

在这个窗前

我已就着落黄

为你谱下了一个季节的歌声

而窗外

你永远是这个节气里

无法归来的风景

我该用怎样的笔触

将你融汇

融汇于辽河岸边这些

深入浅出的层峦里

以泪为源

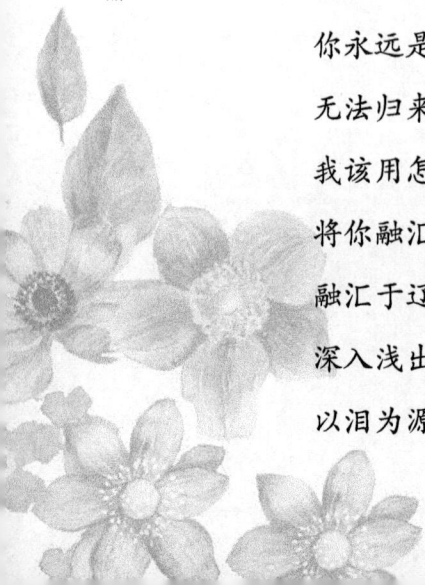

让一个被爱角逐的故事

源远流长

（十三）

中秋悄无声息地来临

正如被我们忽视和遗忘的

只有此一刻

我们才突然警觉时光荏苒

四十张面孔又已天各一方

我无法进入

那称之谓圆的氛围里

于是远离喧嚣远离一切

属于那个节日的布局和语言

独自拥有一片宁静

一个无言的领域

不等待有谁为我送上

葡萄美酒

不仅更深层次的理解

一个节日所带给人们的

一样会是悲凉

而那轮圆了又缺缺了又圆的月亮

依旧在往日的天空

投射光华

（十四）

一只草色浓重的蝉

并没有打破我的沉寂

只是在我的视野中

静静地伏在草叶上

而在这个季节里

它那悲哀的保护色

也许在它短暂的一生

也是永远不再归来

它又是否也会

抱定那最后的一片绿叶

凝固风干

在绿色的记忆中

永恒地死去

我的思绪又一次潮涌

为那只死去也不肯放松绿叶的蝉

为它坚定而永恒的信念

而我的秋天

是否也已来临

走不出美丽

（十五）

也许那永远是场梦

回到四十张面孔组成的家庭里

回到一个温馨的集散地

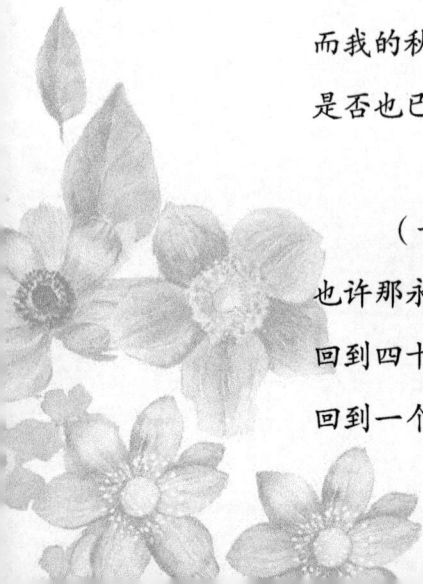

我将永不再

成为受伤的逃兵

就那样固守

固守一份美好

然而在失去一切的时候

只有时常在梦里

进入陶醉和惊醒

倘若我是一个女孩子

倘若我也可以那样

肆无忌惮地流泪

无数次追问苍生

这样努力拥有的会是什么

梦

太虚无而又太缥缈

不知该用怎样的词汇来补充

太酸楚而又太无奈

（十六）

我站在昨夜

曾死去的街头

熙来攘往的人流

是那样陌生地擦肩而过

再也没有人向我频频颔首

归来的感觉

原来是这样的悲凉

三年的改变

已不是崛起的几座高楼

可以说明

沿街而立的那些崭新的门楣

令我举步维艰

归来吧

曾日日夜夜来自故土的呼唤

如今去了哪里

曾经是那样多情而热恋的土地

会这样轻易地死去吗

此刻

对于这个小镇

我是那样陌生

我强烈地追随

以往的音容和语言

一切又是那样无力而牵强

（十七）

现在

我站在阔别已久的土地上

已失却了最初的激情

归来的日子

已不是记忆中的感觉

走不出美丽

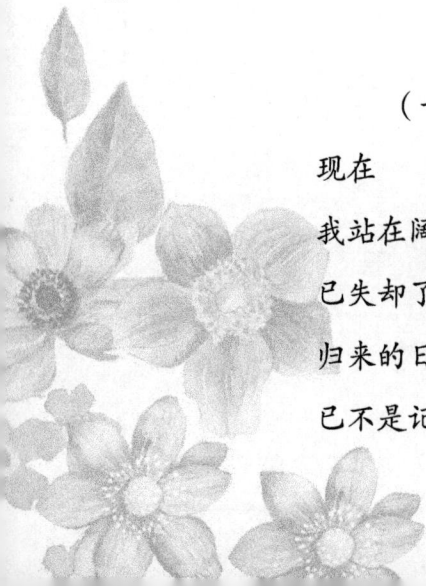

那些友善的面孔去了哪里

那些曾朝夕相处的伙伴去了哪里

仅存的

早已凝为悲哀

那个抱着四岁儿子的

留胡子的友人

与我仿若隔世

我掀开过往的日记

才记得

曾经是那样

轻松而快乐地活着

（十八）

一切如烟

轻轻地来不容拒绝

注定我要摒弃拥有的一切

重新开始

然而我却无法

像襁褓中的婴儿

对那些被财势扭曲的嘴脸

做最彻底的遗忘

依然要无力背负

儿子或生存应尽的责任

世界本没有角落

那些为世纪绽放奇葩的先者

只是时常改变

一个善于被遗忘的乡村或城市

而我生存的这个城市

又将于这遗忘中

做一个怎样漫长的喘息

我眼中

那个一别一别

就永不归来的人呀

你又是否

会在友人的庆功宴上

长久地将我遗忘

不去想

在世界另一个纬度上

有一个与记忆

展开厮杀的斗士

他曾那样顽强而坚韧地爬起

在遗忘中痛苦地生死

（十九）

我恐慌着

在这个远离我的世界中

那些无法抛却

但曾经选择的

走不出美丽

是否正一步步走向死亡

可是

我的诗还不很坚硬

我的情感还过于年轻

我所经历和忍耐的

不过是

漫漫人生的一个开始

就这样默默地逝去吗

我那日益麻木的灵魂

你的那些

美丽得如朝霞般灿烂的梦幻

飘向了哪里

回来吧

在这里重新点燃

我将于这世纪的遗忘中崛起

（二十）

你可曾记起

那段被你料理的

无限温馨的往事

人生竟是这样

只珍惜错过的美好

想起

你曾经是那样顽强而努力地

用石火敲击我的黑暗

是那样轻柔而持久地

为我清扫出一个洁净的庭院

又是那样冷漠而坚定地选择了

这次分离

你像一个顽皮的孩子

是这样轻而易举地

改变着我的命运

（二十一）

在这初冬的严寒里仍然有

隔夜的雨声

那些突然紧闭的门窗

不能将我真的

与冰雪分割

从堆积如山的往事中

整理

那个酒后流泪的孩子

是否隐瞒下了

太多的苦楚

现实与想象的距离

已太为残酷地扼痛

那根不易醒来的神经

醉吧

走不出美丽

因为那一刻

他才真实地存在

可是他将为那一刻的解脱

付出怎样的代价呀

（二十二）

在雪白的墙上

挂着一只风筝

那该是一道

永不消失的风景吧

走不出美丽

237

走不出美丽

（一）

美丽

是容颜吗

在人类浩瀚的历史和广袤的大地中

美丽已包容得太多

而谁又为走不出美丽无奈苦痛

以至于最终的迷失

这又是怎样的一首歌呢

是悲是喜

欢乐抑或忧伤

走出美丽或许会是一个结局

而只要活着

这便注定是一个没有结局的开始

注定要在美丽中苦苦挣扎

三年之久的故事

带给我三年美丽的忧伤

美丽的痛苦

也是在这三年中

我成长成熟

在爱你的常青藤下苦苦寻觅

属于自己的生活

而结局注定是

没有结局的开始

（二）

往事

是一首诗

是千百首诗组合为爱你的主题

我于静夜的风中聆听

心灵对月光的诉说

将爱你的语句刻在月亮的背面

翻启每一个夜晚

都有为你写下的长长的思念

远方的你

是否可以听见

而这一切在突然的顿悟中

竟无法追溯源于何处

我已为一种美丽深深淹没

我惧怕这种淹没

而又渴望淹没

淹没中我将迷失自己

而淹没中又将获得新生

走吗

走不出美丽

239

走出去可以没有思念的苦

没有暗夜里的神伤

没有这泪水与无奈填充的人生履历

走吗

回到曾经燃烧着渴望的心灵

回到那颗不为强权左右的头颅

回到十八年华街头霹雳王的舞者

终于

背叛着情感

以最动人的笔触

写下了恰似结局的错误

恰似结局并不是真正的结局

因为这本身就是错误

是一种逃避

将自己抛置于严冬

凋敝或者冰封

这是一次壮举

远离于英明之外

因为除风霜之外

我所拥有的只是一片萧瑟

或是一片空白

空白又将是怎样的寂寞

怎样的无奈

而这道旷世的风景

走不出美丽

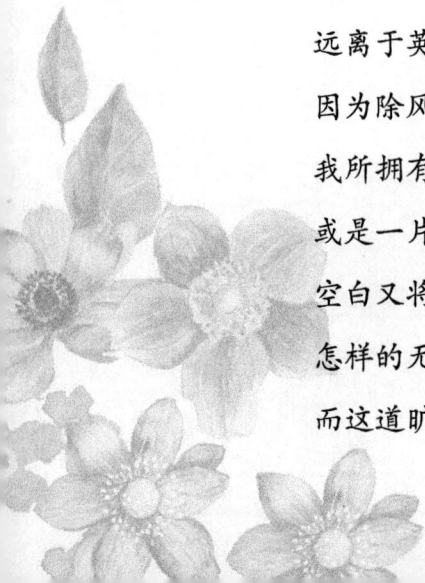

将远离我的足迹

我却还一无所知

（三）

我可以举杯了

我正要举杯呢

为这一次壮举

为这一次感情的超越

为以往无数个日日夜夜暗恋地抹杀

怎么不该举杯呢

我可以笑迎人生中的任何一种挑战

然而

我错了

错得很深

一页飞鸿

薄薄的轻轻的

本在意料之中

却又在意料之外

那日日夜夜爱的组合

那远刻于月亮之下的象形文字

那颗远不是目光可以烘干的潮湿的心

所颤抖出的无奈

换得的只是简单的一句

没有问候

没有安慰

仅仅是断然远离

这又怎能让我走得出呢

毕竟那是旷世的风景

而不是虚无的美丽

（四）

我深深迷失

在无尽的黑夜里

往事如决堤的潮水

渐渐将我淹没

走出美丽

真的会走得出吗

如果走得出又何所谓淹没

何所谓迷失

我终于明白

你竟是我生命的唯一

本以为远离你

可以找回曾经拥有的一切

童稚笑声和骄傲的心

然而失去你

我却已一无所有

佳境绝难重返

我却已由不得选择

走不出美丽

这是一条苦涩的路

开端是我而终端遥遥无期

我疲于思索走下去

最终的结局

为了心中这份无奈的抉择

为了寻找曾经的美丽

哪怕注定有一千次的跌倒

也要从一千零一次的跌倒中毅然爬起

哪怕你是顽石

我愿做千年不竭的泉源

以柔弱的细流将你洞穿

而你

宛若万丈绝峰的一朵雪莲

已远离尘世的喧嚣

以冷漠的枝头仰望苍穹

我知道

这朵冰清玉洁的雪莲

已远非我的热情所动容

她柔弱而又坚韧

与我毗邻却又倍感遥远

（五）

我深信她冰封的爱情

在我爱的长短句下

终有融化的时候

只要我义无反顾地走下去

海枯石烂不回头

我在想

她会不会早已将我宽容

她的美丽不正源于她的宽容

她的处世哲学吗

每一次合上双眼

都有上千重面孔

而千余重面孔都重复着同一主题

你的悲和喜

你的哀与乐

我已深深地坠落

在思念的痛苦里

早在那次打给你的电话里

我握紧话筒的手颤抖

为来自远方你的声音

自此我的思绪飞升

在一个不属于自己的领域

这是痛苦而又无奈的

走在时钟的前面

还要日日回首往事

这是一种无奈

无奈地生

无奈地思念

无奈地苦痛

（六）

我爱画

我的思绪也如画

我正努力地用生在苍白的纸上涂抹

但涂料是酸甜苦辣

我爱画

爱用画笔涂抹出心中美丽的事物

我画过无数美丽的面孔

可是为什么

我的画笔却不敢触及你的容颜

你可知道

你日日浮于我脑海的音容

已远不被任何画面所囊括

你是行走的风景

已超越于我的诗我的画

对你我已不敢做太多的诉说

我只愿

停下你匆匆的脚步

在杨柳岸边

给我一个思念的空间

一个关于爱的主题

为你

我独自在细雨里漫步

像当初我傻傻地在你窗外的雨中徘徊

那时我的期待仿佛很近

（七）

雨

虽不是我们相识的开始

但无论是春雨

夏雨还是秋雨

我都会想起你

想起很多往事

雨很富诗意

失意或是浪漫

而在斜斜的细雨里

将爱你的语句说给你

细雨已变得无声

只有自己心灵的悸动

晴朗的日子里

我渴望雨的存在

我已深深迷恋上沐雨的感觉

仿佛再一次面对你

面对一次狂热的爱情

将自己的心灵之音绽放

我爱雨

爱在静夜里

倾听细雨润物的声响

像干涸已久的麦地

渴望雨露的甘醇

我喜欢骑着一辆斯波兹曼在雨幕中奔跑

感受雨水打湿长发

打湿长衫

打湿我那颗羸弱的心

（八）

其实

我已试着把你忘记

在最初的相逢里

我不敢走近你

如走近一幅动人的图画

我知道这之间的距离

已无法用思念和时间丈量

而这是错误的

一次次地忘却

却令自己一次次爱得愈深

不知道这已是第几次提笔

重复这同一主题

而你

走不出美丽

厌倦了吗

还肯不肯以谅解的词句

来安慰一颗脆弱的心

你会的

你会的

你是不是在渴望我的等待

你是不是用时间来消磨爱情

如果是

哪怕是千年的等待

只愿是一个很美的结局

而这份等待

是否已变得遥遥无期

（九）

走不出美丽

你知道吗

除了这诗与画

我还有许多歌要唱给你

有无数个不眠之夜

对着月光

我已把这些歌儿吟唱

很轻

很轻

像唱给熟睡中的婴儿

倘若你能感知这一切

你是否可以谅解我曾经错误的裁决

我是走不出美丽的

走不出

而这样的歌唱

我重复千遍

你是否知道一颗心

为你早已憔悴

（十）

夕暮来临

正是我走向你的时候

走进同一往事的不同结局里

而这一切只有你

才能给我最终的答案

千百个幻影里

我们走在一起

在人生的苦海里

一起沉浮

于是我读懂了海

读懂了风浪

在这样的夜晚

只有心事才会悄然绽放

而月光之下

有许多变幻的景象

不是流云

也不是渺远的星辰

我知道

思念是什么

他不会是一个很明确的概念

而这份思念的苦涩

只属于我

我乐于承受

（十一）

还记得吗

那本写给你的日记

那日日夜夜为你绽放的情怀

也许你已把他忘却

一如忘却平凡的往事

其实

你是绝不该将他归还的

尽管我在极力索要

这于我的伤害

已经很深很深

我可以将写给你的信

在角落里无声地燃烧

而面对烛光

这写下我无限依恋的诗行

又怎忍心在瞬间化为灰烬

而终于

这本恰似永恒的恋歌

被一爱诗的女孩掠夺

她说

哪怕是横刀夺爱

也要保留这份不属于自己的往事

（十二）

角落

人类有多少可歌可泣的英雄

在角落里淹没

又有多少悲欢与寂寞

在角落里迷失

为你送行

也是在不为人知的角落

为逃避世人目光的追寻

和心灵那份永恒的无奈

望向车后扬起的灰尘

我的视野迷蒙了

你就这样地走远

连同我的思绪

只有我孤独伫立

而这无名的角落

走不出美丽

载满了我的歌

我的诗

我心酸的泪水

我宁可为角落歌唱

我寻找伟人的孳生地

我寻找巨流的源头

而角落依旧是这样的默默无闻

（十三）

其实

我很傻

千里迢迢地往返

只为见你一面

哪怕只是一眼

只当是驿站中的一次探访

只当是不期然的相遇

你不懂这连日的奔波

只为那短暂的一瞬

而我

淡淡地笑

不回头地离去

只是做作的潇洒

那种感觉很苦涩

我知道

走不出美丽

我已傻过很多次

为多年来浅滋暗长的爱情

我还会继续傻下去

因为爱的永恒

也许真爱必然要傻得

宁可等待

宁可承受孤单和寂寞

宁可打破价值规律

以青春来换取一次短暂的邂逅

人生也许傻上一两回便足够了

而我偏偏选择了一生

（十四）

人未免要遭遇爱情

而真正的爱情只有一次

已不足为憾

认识你

是个美丽的错误

认识你

让所有擦肩而过的爱情成为同一结局

这便是忠贞的爱吗

其实很多次我已背叛了这份爱情

也曾迷恋

湖岸上那个女孩犹豫的眸子望向我

充满期待

也曾融化

在邻位女孩深切的目光中

也曾迷失

风筝下一双满含笑意的眼

而终于

失望地回到最初的思念中

原来这一切仅为捕捉你的踪迹

毕竟这一切都离你太远

（十五）

这是爱情

这是真的爱情

然而在我顿悟的时候

一切都很遥远

我追逐风

追逐闪电

追逐一切匆匆

一切转瞬即逝的爱情

这是不是无望的挣扎

我骄傲的心

燃烧着渴望

这是不是无畏的牺牲

因为这颗心早已羸弱

走不出美丽

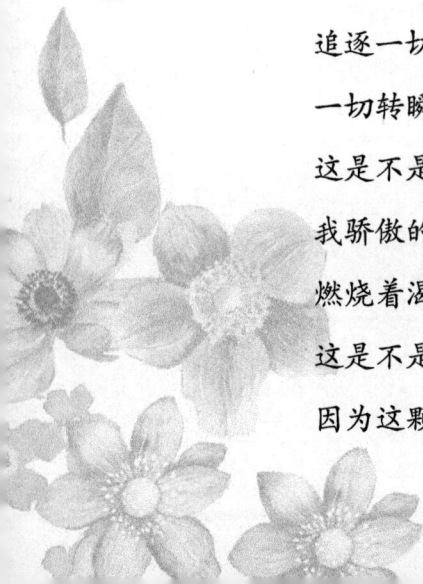

早已疲惫

早已憔悴

他能否尝试得起心海再一次飓风的来临

他是否会在这次飓风之后

依旧鼓动生命的血液

谜

在这个没有结局的故事里

这永远是个谜

因为等待没有终点

永恒的等待

是为了永恒的爱情

（十六）

一切都是在无奈中发生

在无奈中发展

十八年华

有许多美丽的事物

像钟声渐渐渺远

而这是不变的永恒

一个人坐在黑暗里

任思念蔓延

也许这是错误的

任容颜渐渐苍老

任生命挨近死亡

而我的生

脆弱的爱情

在无休止地等待中

坚韧不拔

我默默地为你守候

如一株木棉

而这种守候

你是否可以感知

你是否同样

会在这样静谧的夜里

为我送上一份祝愿

一份你心中泯灭多年的爱情

（十七）

人类源于自然

而又超越自然

自然是一种美

你远在美丽之上

而时间

时间又是什么

冲淡记忆

而真的爱情经得住考验

在一次次冲洗中

走不出美丽

会一次次地变得强烈

如果时间可以说明这一切

又何所惧这一生一世的等待

而你是一幅朦胧的山水

有我画板无法调出的玫瑰色

你如梦如诗

仿佛离我很近

却又如远隔天涯

而我的等待在时钟的奔驰中

是否已不很遥远

无数次追问

而又无数次无奈

苍天没有回响

而群峰是自己的声音

睡去吧

给渺茫等待中一次意外的惊喜

而醒来

依旧要重复

依旧要延续

没有安慰

（十八）

我在想

这一切会不会是升华的美丽

因为有了距离
不然无数个话题在面对你的时候
怎会变得如此缄默
而一张贺卡——空白的贺卡
否定了这一切
那是一种极致的友谊
极致了语言已太为苍白
于是想起你
你的举手投足
你的如花如颦
你是我真切的记忆
永久的期待
这还不够吗
掩埋我的过失
掩埋一切的一切
而这一切都如梦如烟

（十九）

又是一个阴雨之夜
窗外雨落无声
落于窗棂
落于黑暗中每一个角落
也落在了我的心上
雨已是我生命中一道永恒的风景

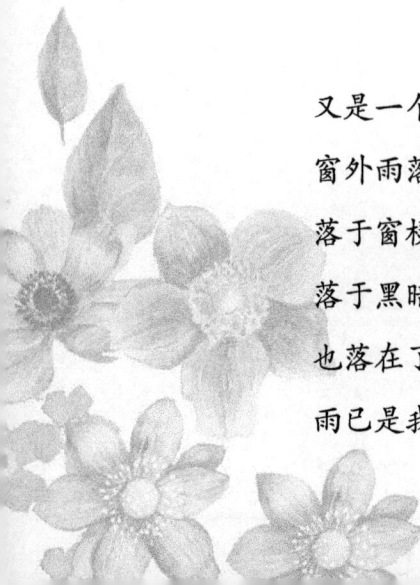

这一切不仅仅是因为发生在细雨中我的故事

我的生

本就是雨的组合

只不过感知的时候已倍觉沧桑

为什么呢

雨落江南

便是一首首别致的小诗

而我淋漓尽致的只是满地的忧伤

为何呢

为何不将这连绵的雨季

谱写成一首永恒的恋歌呢

雨我生命的细雨呢

你茁壮吧

如果生没有你的洗礼

又如何挺拔

而我生命的绿色

思维的蓬勃

在你的哺育之下

将获得永生

（二十）

夕阳

一直不敢触及的话题

霞光中我已有太多的诉说

而黑暗的来临

已将这一切抹杀

残阳如血

这是一幅动人的图画

这是一个醉人的节令

而这一切仅为一个身影迷失

这是一个无言的话题

望一眼有谁不为这一图案感染沉重悲凉

以至于最终的潸然泪下

时光在无情地流逝

而夕阳之下

究竟会是什么

——往事

往事又究竟有多少呢

我已无从计数

一任这如血的夕阳

将身影拉长拉长

直至最终的消失

走不出美丽

（二十一）

其实

我不必将这生一味地付诸等待

等待会消磨我的渴望我的才智

人生转瞬即逝

一味地等待

充填的只能是苦涩

在等待中

我可以做自己的画

写自己的诗

充实自己的人生

因为生终究不是为了爱情

已有太多的时光

因为等待而痛逝

已有太多的情节

因为等待而苍白

等待

在等待中完善

在等待中发展

在等待中永恒

（二十二）

其实

你又何必

在最初走向你的时候

不给一个最终的答案

一个最终的结局

而让我深深地坠入

深深地迷失

走不出美丽

此时我已无法回头

也无须回头

一千次回头

只能增加一千次的黯然神伤

这是一条百踏而折返的路

注定你是我今生唯一的追寻

除你之外

我只渴望友谊

我厌恶纯粹的友谊走向歧途

所以远离很多友爱的面孔和善意的关怀

这一切的努力为了纯洁的爱情

你又是否知道

或许你已把我忘记

像淡忘一件平凡的往事

我已不敢奢求得太多

你是一朵浮游的云

我只希望你能感知一双火热目光的追随

而家乡

你的消息已很遥远

（二十三）

远在异域的漂泊

我才感知家乡的月很圆

于是相约着走出去

渴望走出沉重的往事

这是徒劳的

异域的月很圆

我只能以微笑回报

而有谁能够洞察这笑中的苦涩

这时我才感觉永远也走不出你的倩影

于是回到最初的无奈中想你

于是懂得你是我今生不变的主题

我还能说什么

就这样等待

就这样实现曾经的许诺

不设想任何一种结局

（二十四）

很多时候

坐下来将你细细思考

你有云一样的飘逸

却恰似云一样的迷蒙

一样的漂泊不定

这会不会注定也是一个没有结局的追赶

这会不会注定也如夸父追日样成为恒久的故事

很多时候

我望向那云

望着她变换的容颜和流动的方向

于是想起很多关于云的描述

那是一首歌

一首充满愁思的歌

仿佛云已形成泪滴

正无声地滴落

这便是泪雨么

云你也是如此的脆弱

如此容易受到伤害吗

为何不停下脚步等待乘风人的追赶

而天空云的踪迹已远

这会不会是一个宣言

可怕的宣言：

云的去向是没有风的地方

走不出美丽

（二十五）

我不敢想下去

我惧怕这种思维的延续

我不想过早尝试

某一情感是与非的裁决

而回顾

回顾又是什么

苍凉的往事

往事已很遥远

往事本该被岁月冲得很淡

而这一切的过错

仅仅为了爱情

这便是爱情吗

改变一切的法则

为爱我们都失去了很多

一张童稚的笑脸

一次无忌地呼喊

一个奔跑的姿势

我们都人为地变得苍老

以昭示生命的成熟

把一次次的微笑压抑成冷漠

把一个无谓的话题化为深锁的双眉

而我们一旦真正抵触这一心境

往事又是什么

回归于往事

有很多情节

我们渴望更改

我们设想着

或许当初只是轻轻的一步

便无须一生一世的弥补

但往事已恒久地成为往事

我们已无法在回顾中

重新对往事的某一情节作出主宰

往事已过去了吗

那就算了

（二十六）

我想起一句诗来：

热爱是什么

寂寞里永恒的誓言

唯愿明天长长的诗稿

写不完对你真诚的眷恋

当初我读到这的时候

错愕了许久

他说了或许没有做

而我正做着却说不出

还记得我写给你的诗吗

那由横、撇、竖、直构筑的文字

那由文字构筑的诗行

不正如我燃烧的血液

一滴滴凝聚成火红的渴望

而谁肯为这些文字排版装订影印

以至于让这永恒的爱

蜕变为爱之永恒

而谁愿为这段文字注解评价

无至于最终的迷失

评判希冀评判吗

世人的字眼很简单：傻

中国人不善浪费笔墨

走不出美丽

（二十七）

无可否认

诗是我的生命

而画则是这一生命的养料

你说

这一切都离你很远

我还需说什么

同是一棵树

你不是旁逸斜出

但以你的笔直伟岸

便更像树

更具树的意义

我或许更悲哀

那只是一道风景

季节之后

只剩下凄凉的往事

知道吗

曾经想你的时候

会想起很多文字

而如今笔已搁浅

你只是你

你是我永恒的主题

恒久的期待

只是笔已无法极致地述说

走不出美丽

只是这份思念已落地生根

无须任何浮躁的修饰

我可以释怀某一情节的干涩乏味

因为那是真实的

也许这很牵强：真实的绝不会都很浪漫。

我讨厌一味地浪漫

就像讨厌没有幽默感的男人

（二十八）

这很可怕

坐下来回忆

让时光静静流逝

没有文墨的耕耘

没有画笔的涂抹

我独对月光

渴望某一天

从残缺的月亮之上

读懂你

弯眉下一双深邃的眸子

而月亮月亮

我那日日写给你的文字

在故园的某个角落

是否已有了回响

其实我是知道的

走不出美丽

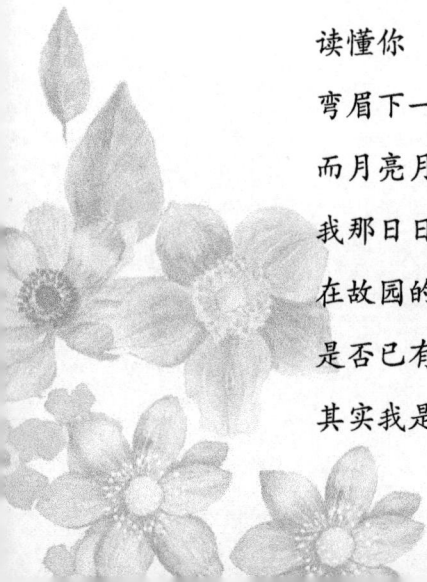

你不会把我忘记

虽然我并不是你

所有的回忆

恒久的期待

哪怕这种记忆

如陨石一闪即逝

只要这一刻很美

记不清这是第几个夜晚

也记不清这是第几种心情

人生本该经历的除死亡

想必我已经历

何所谓沧桑

又何必要刻在脸上

从痛定千余次的思痛里

我已挣扎着与胡须酒精尼古丁分离

想来也是无谓的

精神或肉体的麻痹只是短暂的

而真正的解脱又是什么

——诗歌

那些写给你或写给自己杂乱的句子吗

这是不是很奇怪

（二十九）

认识你

我才读懂

夜原来是个长长的雨巷

每个夜晚我都要走得很深

即便懂得

这就是黑色的诱惑

即便知道

四周隐藏着无数的陷阱

而走出这种诱惑

与某一思绪拉开距离

那是错误的

结局总是走得更近

这便是年轻

宁可尝试

宁可走向未曾经历的刀山或火海

而走向黑夜

并不是勇敢的游戏

其实走出来

才终于发现

夜色很美

而曾经都迷失在深重的睡眠里

你可以聆听

一切来自大自然的音响

走不出美丽

像一首歌

每一次心灵的悸动

也正是这首歌绝妙的鼓点

我被这种聆听打动

我为夜而陶醉

走出去

又是一个月朗星稀的晚上

（三十）

这是可怕又可怜的

坐在阶梯的座椅上与喧嚣分离

与金色的诗歌分离

这是痛苦而又无奈的

在课堂上任思绪在广阔的原野上飞驰而去

独息于孤独

我徘徊于课堂与卧室之间

我奔波于生与死的生命线上

我茫然于世俗的眼光

人生

为何要在意周遭的评判

而宁可迷失

其实很多时候

我们该问的是

我该怎么办而不是你

而我们是否在需要作出裁决的时候

犹疑不定

你又是那么柔弱——似水

（三十一）

这是一个开端

远不是一个节日或者一次酩酊

于往事中燃烧渴望

于渴望中燃烧自己的生

这也是一次拯救

拯救自我

靠近于人类或地球

在困顿中崛起

在崛起中不断升华

这也是一次呐喊

以雷鸣的气势

犁开浓重的黑暗

在压抑中抗争

在抗争中逐渐强大

这也是一次呼唤

来自世纪末的呼唤

以年轻的生命肩负起历史沉重的使命

这何尝不是一次大彻大悟的觉醒

忘却人生又何苦为忘却一筹莫展

往事是对未来的一种借鉴而不是评判

而你是我记忆的主宰

又何尝不是我完善自己的尺度

对生的一种超越

那么你的概念

不仅仅是你

你是我的动力

你是我的方向

你也是我的追赶

（三十二）

我知道

这注定是一条深深的雨巷

一段很古典很苍白的恋情

但我已不为这种无奈苦痛忧郁

"我微笑着走向远方

远方是寂寞的海"

这样的诗句诞生了

而我该给你下个怎样的定义呢

人生这个大舞台上

角度的不同

注定每个人的概念的不同

而谁又能为他人或自己找到确定的位置

即便是倍觉沧桑的我也无法为自己定性归类

走不出美丽

273

只有等待是永恒的

而这种等待已不是失落的计数

夕暮是存在的

为夕暮而整日哭泣

那更是人生的悲剧

其实

人生里值得我们悲哀和哭泣的

远不是注定的苦难

（三十三）

我可以傲然于一切

隐藏于生命之旅的每一次苦难

或许这便是我的信念

——战胜一切

于是在失败的痛苦里

总会想起一个成语：塞翁失马

这是一种纯粹的"精神胜利法"

而正是这种手段

将我一次次与沦陷分离

其实

我的刚强是伪造的

我无谓地痛楚

不是任何表情和泪水可以表白

我只有窃窃地忧伤

走不出美丽

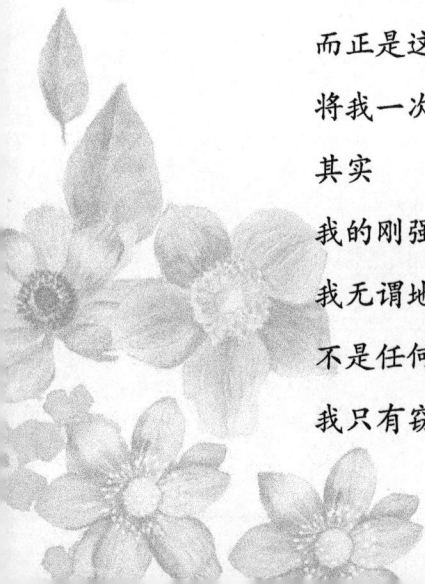

冷漠地凝视

而此种忧伤此种凝视

远不是说来得轻松

像崛起的和倒下的事物

我无数次哭泣

在诗歌中

在某一个不眠的黑夜

而第二天清晨

仍旧要重复某一种愉悦

来履行自己的承诺：

以微笑去面对人生的所有不幸

所以我是快乐的

被许多感叹的目光追随

直至有一天

一个女孩警告我：不要活得太过潇洒

我才感知这种乐观的态度或许玩过了头

以至于她们无力效仿

而她们不知道

我暗夜里地哭泣

寂寞中地忧伤

（三十四）

为你

我已习惯孤独

在静谧中晾晒心情

这不是回忆

在孤独中

我可以支起画板

在孤独中

我学会思考

于是孤独变得很美

孤独成诗孤独似画

孤独中萌芽许多喧嚣的渴望

一个人坐在阶梯的座椅上

聆听窗外的雨声

一个人站在路灯下看车来车往

霓虹闪烁

一个人走在爱与不爱的十字路口

我选择孤独这个陌生的朋友

因为你的脚步很远

为你我已失去很多空间

为你夜晚已不是梦的归宿

走不出美丽

（三十五）

我不敢再为你虚度某一段时光

虚度只能让等待

以及等待中的渴望更为渺远

我体察人生的悲恸

不仅仅是来自沉痛的往事

更多的是来自对往事追忆所痛失的时光

我拾起笔

然而笔已变得沉重

我渴望往事会成为一种文字

而又惧怕文字是对往事的一种亵渎

我深深懂得

有很多心情难以成诗

有很多景象难以入画

而我已无法抗拒

哪怕这些文字是对往日风景的折煞

哪怕我会为这些文字再次迷失

而我的等待还没有结束

或许才刚刚开始

这好像不是一个结局

这绝不是一个结局

这本就是个没有结局的开始

走不出美丽

续：走不出美丽

（一）

岁月飞逝

十几年弹指一挥间

当坐下来沉淀往事

才醒悟岁月蹉跎

已容不得再奢侈分分秒秒

是的容颜是抓不住的

一如流水

鬓角的那一抹白

额头的纵横

仿佛日历般

爬满了已不再青春的庭院

也许这都不重要

只有那心的荒芜

才是致命的伤痛

似乎结局是分明的

但谁又肯轻言放弃

也许千年的守候中

那短暂的重逢还没有来临

这便是悲剧吗

用无休止地等待

换取一次破茧成蝶的美丽

（二）

我忙碌着

在亚细亚的版图中行走

如一粒尘埃

或许只是一阵微风

就将不知所踪

但我努力着

尝试划出美丽的弧线

即便是无人欣赏的舞姿

把人生权当是

路遇知己的一次豪饮

以微笑直面惨淡的人生

所以我快乐并幸福着

可是谁能读懂我

眉间的那一抹犹豫

（三）

你就这样

悄无声息地消失在

我的生命里

一去多年

历数一切过往

那个属于我们的街道

如今已人去楼空

那往日的容颜

只留存于记忆中

是啊

岁月抹去的是荒芜和贫穷

抹不去的是永留于心的记忆

我依然可以嗅到

你青涩地微笑

和那青砖绿瓦间

我们的身影

走不出美丽

（四）

在你离去的那个清晨

手帕摆在潮湿的长凳上

那是我无法留住的时光

哪怕

再为你

吟一首诗画一幅画

哪怕

不说一句话不看你一眼

可这一切将不再发生

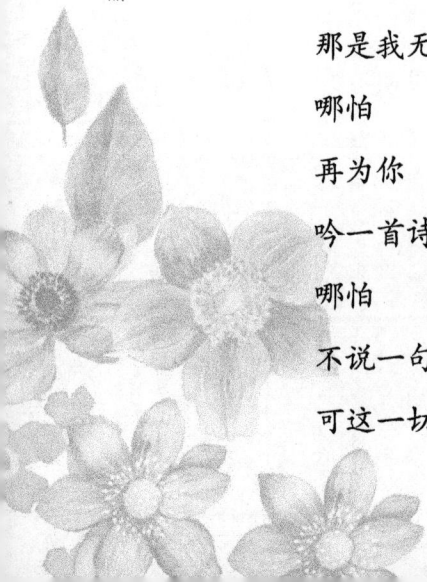

我将为曾经的失约

作出怎样的反省

如今我就站在这里

弥望你

羸弱的憔悴的

看一眼便让人

心痛和落泪的我的爱人

我用一生的等待

在曾经的失约地

等你归来

（五）

夜袭来

如西伯利亚的寒流

刺穿我

我瑟缩着展开长卷

如同展开记忆

用往事温暖双眸

泪是清澈的

从透明的眸子溢出

我感慨

诗人是清贫的

唯一富足的只有泪水和情感

而我注定成不了诗人

我的读者

是那个等待了多年

而无归程的女子

（六）

西辽河

静静地流淌在记忆里

如今

钢筋水泥筑起的河堤

将河水囚禁成

波澜不惊的人工湖

人们三五成群地坐在堤岸上垂钓

我的思绪如这河水

已停滞在二十年前的光阴中

被囚禁被沉淀

而我是否会有勇气

像那些人们

坐下来垂钓呢

那钓起的

又将是哪一段

支离破碎的往事呢

而那个钓起又放生

在夕暮中收网回家的老人

又在捡拾多少辛酸的过往呢

走不出美丽

此时

西辽河已不复存在

只有泪静静地流淌成

清澈透明的河水

（七）

春天的脚步近了

暖风轻轻地拂过面颊

不留情面地刻下了生命的又一年轮

我再一次把希望

播种在春天的土地上

迎接风雨的洗礼

等待丰收的季节

等待是苦涩的

等待却又是美丽的

在等待中

我学会了忍耐和坚守

在等待中

我学会了回忆和遐想

而在那个醉人的节令里

你是否会如约而来

踏着金色的晚霞

闯进我金子般的梦里

而我在这个秋天

宁愿为你零落满地的相思

（八）

在那青石桥畔

我们彻夜不眠

我们一生匆忙

却无须在夜幕中赶路

是过于迷茫

还是因分别

让我们更加珍惜相聚的时光

是什么让我们抛开一切

走进荒芜的夜

将心灵敞开

又在黑暗中一步一步

靠近黎明的曙光

那一夜的告白

终结了三年最美的时光

自此我们天各一方

拉开了彼此的距离

自此距离不再是距离

（九）

一个人的爱情

被分成若干片段

走不出美丽

爱过恨过

有谁不是在伤与痛中长大

世间本无情

我们只是在爱情中寻找

那个真正读懂你的人

哪怕她成就不了你的幸福

我不得不相信

眼泪的背叛

不是真的背叛

而是

你的确没有她的美丽

背叛的

是你本就无法得到的

这是一个不争的事实

用心爱了

哪怕只是一草一木

回报你的

也必将是怒放的生命

我没有失败

我只是在失败中等待

当时光渐渐老去

我们将信将疑地打开尘封的记忆

才发现

我们失去了许多

青春亮丽的诗句

（十）

是我们奔跑得太快

还是原本我们就未曾

遵从于内心

如果说

这样的追赶注定是背道而驰的相约

那么我的等待又会如何

即便荡尽韶华

也无法读懂你

青春依旧的面庞

那么你所欠下的

又抛给了谁

（十一）

一个人的坚持

是微不足道的

被埋藏在心灵的最深处

带着隐隐的伤

明明知道

一切的恪守

换来的只是痛苦

却仍旧执着地守望

坚持或许是正确的

至少对未来还充满了希望

其实结果已不重要

重要的是希望还在

哪怕是忽明忽暗的指引

终能让

迷失的孩子找到回家的路

所以

我宁愿降低幸福的门槛

大笑着进入梦乡

在梦中

换取一个拥抱足够了

有时

梦境比现实更叫人留恋

（十二）

在岁月的沉淀中

有太多美丽的情节

灰飞烟灭

我不得不承认

你是我今生不变的记忆

说我固执也好

笑我痴情也罢

既然你是我

无法走出的美丽

不如面对

还好

你还是你

我还是我

一个在天的涯

一个在海的角

走不出美丽